古典文獻研究輯刊

二九編

第 **16** 冊

佛教文學視域中的楚石梵琦詩歌研究（下）

齊勝利 著

國家圖書館出版品預行編目資料

佛教文學視域中的楚石梵琦詩歌研究（下）／齊勝利 著 --
初版 -- 新北市：花木蘭文化事業有限公司，2024〔民113〕
目 4+136 面；19×26 公分
（古典文學研究輯刊 二九編；第 16 冊）
ISBN 978-626-344-566-6（精裝）
1.CST：（元）釋梵琦 2.CST：佛教傳記 3.CST：詩歌
4.CST：佛教文學
820.8   112022462

古典文學研究輯刊
二九編 第十六冊   ISBN：978-626-344-566-6

佛教文學視域中的楚石梵琦詩歌研究（下）

作　　者　齊勝利
總 編 輯　杜潔祥
副總編輯　楊嘉樂
編輯主任　許郁翎
編　　輯　潘玟靜、蔡正宣　美術編輯　陳逸婷
出　　版　花木蘭文化事業有限公司
發 行 人　高小娟
聯絡地址　235 新北市中和區中安街七二號十三樓
　　　　　電話：02-2923-1455／傳真：02-2923-1452
網　　址　http://www.huamulan.tw 信箱 service@huamulans.com
印　　刷　普羅文化出版廣告事業
初　　版　2024 年 3 月
定　　價　二九編 21 冊（精裝）新台幣 56,000 元

佛教文學視域中的楚石梵琦詩歌研究(下)

齊勝利　著

目次

第五章 《西齋淨土詩》：淨土佛國詩化呈現

中國古代淨土宗文學傳統源遠流長，僧俗作家如法照、白居易等人創作出內容豐富形式多樣的作品，成為中國古代文學大花園中的奇葩。元代臨濟宗高僧楚石梵琦禪淨雙修，最終歸心淨土。楚石梵琦的淨土修行實踐為其創作《西齋淨土詩》提供了必要條件，使其淨土詩具有較高藝術性。《西齋淨土詩》以多樣的宣教藝術不僅書寫出淨土佛國的殊勝莊嚴，同時，也表達了其對封建統治者的憎惡、批判和對社會底層民眾的同情、憐憫。楚石梵琦淨土詩承前啟後，對當今僧侶的修行與創作仍舊具有重要價值。

至正十九年（1359），六十四歲的楚石梵琦「以海鹽天寧有山海之勝，遂築寺西偏以居，別自號西齋老人」。〔註1〕在此退隱期間，楚石梵琦創作出數百首《西齋淨土詩》。《西齋淨土詩》的創作既是楚石梵琦修持上禪淨圓融的體現，又是其佛教文學的重要成就。同時，從我國淨土宗文學書寫傳統來審視，《西齋淨土詩》吮吸著傳統淨土文學的乳汁，不僅成為元明佛教文學中熠熠生輝的篇章，而且至今仍舊為教內人士所重視。

第一節　由禪轉淨的修行歷程

在元代，由於民間有人利用白蓮教彌勒劫變思想進行造反，淨土宗的發展

〔註1〕（元）梵琦著，于德隆點校：《楚石梵琦全集》，北京：九州出版社，2017年，第345頁。

受到影響。由於「漢地佛教以禪宗為主流，淨土宗的弘傳也主要靠禪宗」〔註2〕淨土思想在元代仍具影響力，出現了「中興蓮宗」的普度。〔註3〕被譽為「江南古佛」的中峰明本禪淨雙修，撰有《中峰國師三時繫念佛事》《中峰三時繫念儀範》。由於明本的提倡，「三時繫念」（三時指：初日分、中日分、後日分）成為淨土宗的重要修行法門。此外，明本創作出《懷淨土詩》一百八首。明本之所以創作108首是因為「詩凡一百八首，取素珠之一周也」〔註4〕，據趙孟頫言明本的創作動機在於「憫眾生之迷途，道佛境之極樂」。〔註5〕天如惟則（1276～？），著有《淨土或問》，麻天祥稱其主張為「靈魂不滅之陽禪陰淨」〔註6〕。黃溍在《筠岩律師塔銘》中記載律宗僧人釋大節「雖受持律部，而兼修念佛三昧，效古人作《懷淨土詩》數十篇」。〔註7〕由此可見，元代佛教中淨土思想普遍存在，禪淨雙修者不乏其人，淨土詩創作已屢見不鮮。

　　楚石梵琦的淨土信仰以彌陀信仰為主，對其他佛國淨土也曾留心。他曾寫有《慈氏上生偈》（已佚），此處的慈氏便指彌勒，「彌勒（Maitreya），華言慈」〔註8〕。楚石梵琦在上堂說法中常常提及彌勒「滿耳非聲，滿眼非色。剎剎觀音，塵塵彌勒」「彌勒真彌勒，分身百千億，時時示時人，時人自不識」「天上無彌勒，地下無彌勒，白月印千江，清風生八極」「晝升兜率，夜降閻浮，為什麼摩尼珠不見」「此時若不究根源，只待當來問彌勒（按：楚石梵琦此語第一次出現在《住杭州路鳳山大報國禪寺語錄》，第二次出現在《住嘉興路本覺寺語錄》）」「料想上方兜率宮，也無如此日炙背（按：此為趙州從諗語）」「古釋迦不前，今彌勒不後」〔註9〕。楚石梵琦在淨土詩中亦多次涉及彌勒如「凡

〔註2〕陳揚炯著：《中國淨土宗通史》，南京：鳳凰出版社，2008年，第427頁。

〔註3〕普度（？～1330），撰有《蓮宗寶鑑》十卷，並攜此書進奉皇太子（仁宗），後又上書仁宗請求復興白蓮宗，得到朝廷支持，但好景不長。陳揚炯：《中國淨土宗通史》，南京：鳳凰出版社，2008年，第427～428頁。

〔註4〕紀華傳著：《江南古佛：中峰明本與元代禪宗》，北京：中國社會科學出版社，2006年，第281頁。

〔註5〕紀華傳著：《江南古佛：中峰明本與元代禪宗》，北京：中國社會科學出版社，2006年，第281頁。

〔註6〕麻天祥著：《中國禪宗思想發展史》（修訂版），武漢：武漢大學出版社，2007年，第228～232頁。

〔註7〕（元）黃溍著，王頲點校：《黃溍全集》，天津：天津古籍出版社，第623頁。

〔註8〕釋印順：《淨土學論集》，北京：中華書局，2010年，第43頁。

〔註9〕（元）梵琦著，于德隆點校：《楚石梵琦全集》，北京：九州出版社，2017年，第10、12、16、41、56、101、106頁。

夫本自同彌勒（《懷淨土詩一百十首・其三十四》）」「我聞妙德同慈氏（《懷淨土詩一百十首・其九十三》）」「示現真彌勒（《懷淨土百韻詩》）」。〔註10〕我們可以發現楚石梵琦在上堂說法時提及彌勒與兜率宮只是為了方便設教，而淨土詩中的彌勒則具有淨土佛國信仰的意味。此外，楚石梵琦在上堂說法中還提及其他佛國淨土「東西南北，四維上下，塵塵剎剎，總不離個華藏世界海」「彌勒、阿閦及諸妙喜等世界」〔註11〕在如此眾多的淨土中，楚石梵琦最終歸心的是阿彌陀佛的極樂世界。

一、以淨輔禪

　　楚石梵琦《西齋淨土詩》是其淨土修行歷程中的重要部分，為全面理解楚石梵琦淨土詩歌，我們在此需對其由禪轉淨之修行歷程進行梳理。楚石法弟至仁在《楚石和尚行狀》中寫道「母張，事佛惟謹」〔註12〕，但楚石梵琦四歲時就父母雙亡。關於楚石梵琦的母親張氏的資料僅此而已，但我們可以推測張氏很有可能是信仰淨土宗的善女人，因為淨土法門屬於簡單方便的「易行道」，適合普通民眾，尤其是婦女修習。楚石梵琦在《列名淨土詩一百八首並自序》中寫道「予幼時便修十念，願登淨土」，〔註13〕明代的大佑法師也說「觀其（楚石梵琦）自童幼至於耆年，孜孜以淨業為務，精修密煉，不捨晝夜」。〔註14〕由此可知，楚石梵琦母親張氏的淨土修行可能為楚石梵琦幼年時即種下淨土修行的種子。

　　楚石梵琦九歲時，曾拜海鹽天寧永祚禪寺的老和尚訥翁永模為師。楚石梵琦在《受業先師天寧訥翁和尚讚》中寫道「大道體寬，虛堂響答。面目現在，人天交接。破草鞋走五十四州，粗坐具禮不可思議祖塔。南海瘴重重，北山雲疊疊。既了行腳大事，盡見諸方老衲。開荊棘之地而作寶坊，化屠沽之人而修

〔註10〕（元）梵琦著，于德隆點校：《楚石梵琦全集》，北京：九州出版社，2017年，第 369、381、421 頁。

〔註11〕（元）梵琦著，于德隆點校：《楚石梵琦全集》，北京：九州出版社，2017年，第 107 頁。

〔註12〕（元）梵琦著，于德隆點校：《楚石梵琦全集》，北京：九州出版社，2017年，第 344 頁。

〔註13〕（元）梵琦著，于德隆點校：《楚石梵琦全集》，北京：九州出版社，2017年，第 386 頁。

〔註14〕（元）梵琦著，于德隆點校：《楚石梵琦全集》，北京：九州出版社，2017年，第 354 頁。

淨業。單傳直指之妙,非文字所可形容;潛利陰益之心,如虛空自然周匝。夏復夏,臘復臘,要識天香子孫,且看少林花葉」。〔註15〕由此可見,訥翁永模閱歷豐富,行腳時經過天南地北,對楚石梵琦「潛利陰益」,影響頗大。讚中的「化屠沽而修淨業」似可理解為勸屠夫、酒徒勤修往生西方的善業。《佛說觀無量壽經》云「我今為汝廣說眾譬,亦令來世一切凡夫,欲修淨業者,得生西方極樂國土。欲生彼國者,當修三福:一者,孝養父母,奉事師長,慈心不殺,修十善業。二者,受持三歸,具足眾戒,不犯威儀。三者,發菩提心,深信因果,讀誦大乘,勸進行者。如此三事,名為淨業」〔註16〕楚石梵琦的《列名淨土詩一百八首並序》中就有《屠》與《酤》兩首詩,後者云「酤酒人家過失多,勸君作緊念彌陀。身心流入苦空海,麴蘗變成香水河。鬧市紅塵俱掃蕩,平生黑業頓消磨。臨終管取遊清泰,眼淨心空一剎那」〔註17〕綜上所論,楚石梵琦的師父訥翁永模也是一位禪淨雙修的僧人,這自然會對楚石梵琦有所薰染。

楚石梵琦又拜過晉洵和尚與元叟行端兩位師父。從現有資料來看,二人皆為禪師,沒有輔修淨土的記載。對楚石梵琦禪學修行影響最大者當推元叟行端,他曾反詰楚石梵琦,令其生起疑情。泰定元年(1324)楚石在大都萬寶坊聽鼓聲而疑情頓釋,隨後,便得到元叟行端印可。元叟行端是專修禪宗的一代大師,他尤其反對由禪入教:「從教入禪今古有,從禪入教古今無。一心三觀門雖別,水滿千江月自孤(《寄無維那七首・其一》)」〔註18〕

但楚石梵琦從九歲受業於訥翁永模到元末,一直堅持禪淨雙修,以禪為主。在此期間,他的淨土觀是「唯心淨土」「自性彌陀」,認為娑婆與西方半斤八兩,兩者間濁惡與殊勝的區別只是自心的妄想分別而已,即「據說,娑婆世界,坑坎堆阜,瓦礫荊棘,土石諸山,高下不平;極樂世界,地如平掌,宮殿樓閣,珍寶莊嚴,水鳥樹林,常宣妙法。雖然有夭有壽,有苦有樂,若論個些子,那邊八兩,這裡半斤,非淨非穢,非生非佛。不用厭此忻彼,愛聖憎凡。既無忻厭之心,又無聖凡等見,隨緣放曠,任性縱橫。變大地作黃金,攪長

〔註15〕(元)梵琦著,于德隆點校:《楚石梵琦全集》,北京:九州出版社,2017年,第239頁。

〔註16〕弘學注:《淨土三經》,成都:巴蜀書社,2001年,第96頁。

〔註17〕(元)梵琦著,于德隆點校:《楚石梵琦全集》,北京:九州出版社,2017年,第395頁。

〔註18〕《卍續藏經》(第124冊),第44頁。

河為酥酪。改禾莖為粟柄，易短壽作長年。皆吾心之常分，非有假於他術」。
〔註19〕楚石梵琦為什麼可以禪淨雙修呢？其一，經典依據。《佛說觀無量壽經》有言「佛告阿難及韋提希：『見此事矣，次當想佛，所以者何？諸佛如來是法界身，入一切眾生心想中。是故汝等心想佛時，是心即是三十二相，八十隨形好。是心作佛，是心是佛，諸佛正遍知海，從心想生」。〔註20〕其中的「是心作佛，是心是佛」與禪宗推崇的《維摩詰經》中的「隨其心淨，則佛土淨」〔註21〕極為接近，也與禪宗強調的「明心見性」、馬祖道一提倡的「即心是佛」相當接近。聖凱曾一針見血地指出「而以《觀無量壽經》及《般舟三昧經》為依據的中國淨土教心性思想，正是中國佛學的主流思想——如來藏說，所以淨土信仰才會被重視心性的各宗派所接受，因為它們之間有共同的思想基礎——如來藏說。正因為如此，賢首、天台、禪等各宗派後來都以淨土為歸宿，而如來藏的心性思想正是其中的內在思想因素」。〔註22〕其二，禪淨雙修的修行傳統。自慈愍三藏開始提倡禪淨雙修後，〔註23〕永明延壽、慈受懷深、中峰明本、天如惟則，甚至楚石梵琦的師父訥翁永模皆禪淨雙修形成傳統。

　　楚石梵琦在六十四歲（1359年），退隱西齋撰寫淨土詩時，雖「專志淨業」但仍主張「唯心淨土」「自性彌陀」，尚不失禪僧身份。如其以下詩句：

　　　　有個彌陀在自心，才生一念隔千岑。（《懷淨土詩一百十首並自序·其一》）

　　　　不知自己如何是，卻問彌陀作麼生。（《懷淨土詩一百十首並自序·其四十二》）

　　　　唯心淨土無高下，自性彌陀不去來。（《懷淨土詩一百十首並自序·其七十》）

　　　　都言極樂向西尋，究竟不離清淨心。（《懷淨土詩一百十首並自序·

〔註19〕（元）梵琦著，于德隆點校：《楚石梵琦全集》，北京：九州出版社，2017年，第106頁。

〔註20〕弘學注：《淨土三經》，成都：巴蜀書社，2001年，第100頁。

〔註21〕賴永海，高永旺譯注：《維摩詰經》，北京：中華書局，2010年，第16頁。

〔註22〕聖凱著：《晉唐彌陀淨土的思想與信仰》，北京：中國社會科學出版社，2009年，第36～37頁。

〔註23〕慈愍三藏提倡禪淨雙修情況可參閱釋恒清《禪淨融合主義的思惟方法——從中國人的思惟特徵論起》，《臺大哲學論評》，1991年第14期，第240頁。聖凱著：《晉唐彌陀淨土的思想與信仰》，北京：中國社會科學出版社，2009年，第194頁。

其七十七》)

　　　淨土豈非心畫成，瓊林俱是願雕成。(《工》)

　　　閒坐困眠皆淨域，更於何處見西方。(《好》)〔註24〕

顯而易見，楚石梵琦淨土詩中所表現的淨土觀是基於禪宗思想基礎的「自性彌陀」「唯心淨土」。楚石梵琦淨土詩中的淨土觀是與中峰明本基本一致的。明本在其《懷淨土詩》中同樣也一再歌詠「自性彌陀」「唯心淨土」，如其以下詩句所言「自家一個古彌陀，聲色頭邊蹉過多」「自性彌陀不用參，五千餘卷是司南」「長鯨一吸四溟乾，自性彌陀眼界寬」「道人別有惟心土，不屬東西南北方」。〔註25〕由此可見，楚石梵琦在退隱西齋期間「以文字作佛事」創作《西齋淨土詩》時，仍是堅持以淨輔禪，屬於禪宗僧人。

二、由禪轉淨

　　然而，楚石梵琦最終卻「可以這樣說，作為一個禪師，從其思想深處而言，他已完全蛻化為一個淨土的信徒了」〔註26〕至仁在《楚石和尚行狀》中記載其臨終時與夢堂曇噩的對話「(楚石梵琦)置筆，謂夢堂曰：『師兄，我去也。』堂曰：『何處去？』師曰：『西方去』。堂曰：『西方有佛，東方無佛耶？』師乃威震一喝而逝。」〔註27〕由此可知，楚石梵琦之前主張的「處穢土而同淨土」〔註28〕的思想已不見蹤影，他最終成為了一心嚮往往生西方的虔誠淨土信徒。

　　我們認為楚石梵琦由禪轉淨的這一信仰轉向極有可能發生在至正十九年(1359)到至正二十八年(1368)，其信仰轉向的發生是由元明之際的社會戰亂、死亡問題的威脅、極樂世界利於修行三方面原因造成的。元明鼎革之際的戰亂使得楚石梵琦的正常宗教修行生活深受影響。至正二十三年

〔註24〕（元）梵琦著，于德隆點校：《楚石梵琦全集》，北京：九州出版社，2017年，第 362、370、376、378、391、404 頁。

〔註25〕紀華傳：《江南古佛：中峰明本與宋元禪宗》，北京：中國社會科學出版社，2006年，第 273～281 頁。

〔註26〕麻天祥著：《中國禪宗思想發展史》(修訂版)，武漢：武漢大學出版社，2007年，第 239 頁。

〔註27〕（元）梵琦著，于德隆點校：《楚石梵琦全集》，北京：九州出版社，2017年，第 345 頁。

〔註28〕（元）梵琦著，于德隆點校：《楚石梵琦全集》，北京：九州出版社，2017年，第 95 頁。

（1363），楚石梵琦再次主持天寧永祚禪寺，他在《示眾》中說「如今大方叢林，兵變以來，南北東西，萬中無一」〔註29〕，可見當時佛教的雁塔禪寺受到了戰爭的摧殘。詩人在《懷淨土百韻詩》中直陳動盪社會中的種種苦難及其對正常佛教生活的影響「試說娑婆苦，爭禁涕淚滂。……戰伐愁邊鄙，烽煙徹上蒼。連村遭殺戮，暴骨滿城隍。鬼哭天陰雨，人悲國夭殤。歲凶多餓死，棺貴少埋藏。瓦礫堆禪刹，荊榛出教庠。征徭兼賦稅，禾黍減豐穰。念佛緣猶阻，尋經事亦荒」。〔註30〕

另外，由於詩人年近古稀，對死亡問題變得敏感，便「晨昏念佛待西歸（《七十歲》）」。〔註31〕楚石梵琦多次提到死亡問題，其六十八歲主持海鹽天寧永祚禪寺的說法語錄中生死問題被反覆提及：「殊不知昭昭靈靈，正是生死根本」「諸仁者！且道生死根本與菩提涅槃，是同不同？」「你要出生死，被生死羈絆」「生死疑情，大難透脫」〔註32〕由此可見，死亡問題常常縈繞在楚石梵琦的腦海中，而「極樂逍遙長不死」的極樂世界對楚石梵琦而言正中下懷。

彌陀及其淨土信仰是最為穩妥的修道法門，「正心正意，齋戒清淨，一日一夜，勝在無量壽國為善百歲。所以者何？彼佛國土，無為自然，皆積眾善，無毛髮之惡。於此修善十日十夜，勝於他方諸佛國中，為善千歲。所以者何？他方佛國為善者多，為惡者少，福德自然，無造惡之地。惟此間多惡，無有自然，勤苦求欲轉相欺殆。心勞形困，飲苦食毒，如是匆務，未嘗寧息」。〔註33〕西方極樂世界環境殊勝，佛與聖眾一心修善，飛禽、流水、清風常宣法音，有利於修行者精進修行菩薩道，並且能達到不退轉境地，即楚石梵琦所謂的「土淨令人道果圓」，相反充滿五濁（劫濁、見濁、煩惱濁、眾生濁、命濁）的娑婆世界則「娑婆性習一時遷」。〔註34〕

〔註29〕（元）梵琦著，于德隆點校：《楚石梵琦全集》，北京：九州出版社，2017年，第103頁。

〔註30〕（元）梵琦著，于德隆點校：《楚石梵琦全集》，北京：九州出版社，2017年，第422～423。

〔註31〕（元）梵琦著，于德隆點校：《楚石梵琦全集》，北京：九州出版社，2017年，第409頁。

〔註32〕（元）梵琦著，于德隆點校：《楚石梵琦全集》，北京：九州出版社，2017年，第104、105、105、112頁。

〔註33〕弘學注：《淨土三經》，成都：巴蜀書社，2001年，第65頁。

〔註34〕（元）梵琦著，于德隆點校：《楚石梵琦全集》，北京：九州出版社，2017年，第369頁。

　　綜上可知，楚石梵琦的修道歷程為：幼年淨土薰染，少年至耳順之年以淨資禪，古稀之年左右由禪入淨。深究其信仰轉向的原因，則在於元明鼎革之際的戰亂、死亡問題的威脅、西方極樂世界中易行道的保障。

第二節　澄懷味象與宣教策略

　　據姚廣孝《西齋和尚傳》記載，楚石梵琦一生信仰淨土宗，不僅自己履踐淨土法門，且勸化他人共修淨業，「於是撰《三十二相頌》《八十種好頌》《四十八願偈》《十六觀讚》《懷淨土》七言長句一百十首，又《析善導和尚勸念佛偈》八首、《化生讚》及《勸念佛篇》，《娑婆苦・漁家傲》《西方樂・漁家傲》三十二首，又《百韻淨土詩》一首」。〔註35〕其中的《三十二相頌》《八十種好頌》《四十八願偈》《勸念佛篇》已經亡佚，《三十二相頌》與《八十種好頌》必然是對佛陀相好莊嚴的歌頌，《四十八願偈》應是對《佛說無量壽經》中法藏比丘無上殊勝之四十八願的歌頌，《勸念佛篇》應與宗賾的《勸念佛頌》相近。

　　從現存《西齋淨土詩》的形式分析，《懷淨土詩一百十首並自序》《列名淨土詩一百八首並自序》《十六觀讚二十二首》《化生讚八首》屬於七言詩，《析善導和尚念佛偈》為六言詩，《懷淨土百韻詩》是五言詩，《娑婆苦・漁家傲十六首》《西方樂・漁家傲十六首》則為長短句。〔註36〕楚石梵琦《娑婆苦・漁家傲》與《西方樂・漁家傲》詞的首句皆相同，前者為「聽說娑婆無量苦」，後者為「聽說西方無量樂」。

　　從《西齋淨土詩》的思想內容看，如上文所論，楚石梵琦在退隱西齋期間禪淨雙修，所以他的《西齋淨土詩》是在禪宗唯心淨土、自性彌陀、事理一貫的淨土觀下，在淨土詩中揚推淨土莊嚴的。其中除《懷淨土百韻詩》呈現了詩人個人的宗教修行體驗外，其他淨土詩都重在勸導他人。下面將從楚石梵琦遊觀佛國的宗教實踐與其宣教策略兩方面進行論述。

〔註35〕（元）梵琦著，于德隆點校：《楚石梵琦全集》，北京：九州出版社，2017年，第709頁。

〔註36〕楚石梵琦以《漁家傲》弘揚淨土法門應是受到了禪宗《漁家傲》係漁父詞的影響，關於禪宗《漁家傲》漁父詞的情況可參閱：伍曉蔓，周裕鍇著《宋代禪宗漁父詞研究》，北京：中國社會科學出版社，2014年，第46～98頁。

一、遊觀想像

　　若要目睹淨土之美妙，棲神佛國，便需要踐履儀軌。信、願、行缺一不可。楚石梵琦修行淨土法門具足了信、願、行的淨土資糧，在實踐「易行難信之法」時，他信仰堅定「吾師有願當垂接，不枉剋勤五十年（《懷淨土詩一百十首並自序》）〔註37〕」，渴望仰仗佛力生於極樂；他創作《娑婆苦・漁家傲》《西方樂・漁家傲》又表明了自己的往生之願，「對娑婆世界毫無貪念，願意出離，一心所向往的只是極樂世界，這就是願」；〔註38〕他的《懷淨土百韻詩》中則較為完整的呈現了其淨土修行的儀軌——行。首先是基於虔誠信仰的發願「欲生安養國，承事鼓音王」，其次是向西合掌低頭禮拜「合掌須西向，低頭禮彼方」，復次是斬斷五辛「五辛全斬斷」（大蒜、茖蔥、慈蔥、蘭蔥、興渠），防止十惡「十惡永堤防」（殺生、偷盜、邪淫、妄語、惡口、兩舌、貪欲、瞋恚、愚癡），然後布置花座「室置千花座」、焚香「爐焚百種香」、獻衣獻食「新衣經獻著，美饌待呈嘗」、燃燈「莫點殘油炬」、浴像「宜煎浴像湯」、結跏趺坐「跏趺在一床」，如此便能遊觀淨域「剎那登淨域，方寸發幽光」。〔註39〕淨土法門中空靜境界的觀想對於佛教文學家而言具備雙重性質：宗教體驗、創作想像。

　　楚石梵琦的遊觀想像對象可分為以下兩類，一為自然景物如：日、水、地等；二為佛與菩薩，如：真身、觀音、勢至。他的觀想主要通過不同類型的聯想展開，如《十六觀讚二十二首・日觀》中的「第一觀門名日觀，遙觀落日向西懸。光明了了同金鼓，輪相團團掛碧天」〔註40〕，便屬於簡單聯想中的相似聯想；其《十六觀讚二十二首・雜觀》由佛分別聯想到觀音與勢至二菩薩則屬於複雜聯想中的關係聯想。〔註41〕

　　由於楚石梵琦踐履淨土法門之觀想念佛，從而得以神遊佛國，領略淨土莊嚴之美。楚石梵琦在其《懷淨土百韻詩》中馳騁想像，大肆鋪排描寫阿彌陀佛

〔註37〕（元）梵琦著，于德隆點校：《楚石梵琦全集》，北京：九州出版社，2017年，第367頁。

〔註38〕弘學著：《淨土信仰》，成都：巴蜀書社，2011年，第201頁。

〔註39〕（元）梵琦著，于德隆點校：《楚石梵琦全集》，北京：九州出版社，2017年，第419～420頁。

〔註40〕（元）梵琦著，于德隆點校：《楚石梵琦全集》，北京：九州出版社，2017年，第411頁。

〔註41〕此處參考了李小容先生《淨土三經的文學世界》，《貴州社會科學》，2013年第6期，第42～48頁。

國的種種不可思議的清淨美妙、殊勝莊嚴。他寫淨土佛國的瓊樓玉宇、蓮花池塘、奇果靈禽：

> 太虛含表裡，佛剎居中央。蓮吐葳蕤萼，波翻瀲灩塘。鮮飆須動盪，彩仗恣搖揚。燦爛黃金殿，參差白玉堂。樓隨四寶合，臺備七珍妝。鏡面鋪階砌，荷心結洞房。珊瑚裁作檻，瑪瑙制為梁。田地琉璃展，園林錦繡張。內皆陳綺席，外盡繞銀牆。覆有玲瓏網，平無突兀岡。瓊樹連處處，琪樹列行行。果大如蜜甜，音清妙似篁。喬柯元自對，茂葉正相當。一一吟鸚鵡，雙雙集鳳凰。瑤池無晝夜，珠水自宮商。渠映金沙底，風輕寶岸旁。高低敷菡萏，深淺戲鴛鴦。異彩吞群鳥，奇葩掩眾芳。千枝分赤白，萬朵間青黃。讚把身根爽，微通鼻觀涼。頻伽前鼓舞，共命後飛翔。竟日鶯調舌，翀霄鶴引吭。〔註42〕

寫淨土佛國衣食豐足「食是天肴膳，餐非世稻粱。掛肩如意服，擎缽自然漿。脫體殊清淨，含暉更焜煌。袈裟籠瑞靄，瓔珞襯仙裳。遍往微塵國，周遊正覺場。慈顏容禮覲，供具任持將」。〔註43〕楚石梵琦在詩中對於淨土佛國繪聲繪色的描寫「使人讀之，恍然如遊珠網瓊林、金沙玉沼，殊不知有人間世也」，〔註44〕深具虛構與誇飾之美。〔註45〕

具體而言，楚石梵琦筆下的淨土世界具有富麗堂皇、清淨無染、物質豐足、平坦整齊的特點。西方極樂世界七寶築造的亭臺樓榭、清淨無染的修道環境、衣食豐足的物質保障可以起到「先以欲勾牽，後令入佛智」的效用，從而誘導信眾建立往生西方的信仰。淨土佛國平坦整齊的特點似乎對於中國人而言沒有什麼特別的吸引力，楚石梵琦詩中云「平無突兀岡」「喬柯元自對，茂葉正相當」，釋印順指出「平坦：佛教的一切淨土中，不曾說有山陵丘阜及大海江河，甚至沒有荊棘沙礫。佛教在印度的發展環境——恒河流域，是大平原，在古聖的意境中，山河是隔礙而多生災難的，因此有大平原的淨土意境」「整齊：印度文化的特性，是求均衡發展的。所以表現於東西南北四維上下是一樣的，

〔註42〕（元）梵琦著，于德隆點校：《楚石梵琦全集》，北京：九州出版社，2017年，第420～421頁。

〔註43〕（元）梵琦著，于德隆點校：《楚石梵琦全集》，北京：九州出版社，2017年，第421～422頁。

〔註44〕（元）梵琦著，于德隆點校：《楚石梵琦全集》，北京：九州出版社，2017年，第355頁。

〔註45〕佛教美學思想中虛構與誇飾特徵的分析參見蔣述卓著：《佛教與中國古典文藝美學》，長沙：嶽麓書社，2007年，第162～164頁。

顯著特別整齊。如淨土中的樹木，總是枝枝相對，葉葉相當的」〔註46〕由此可見，楚石梵琦的《懷淨土百韻詩》是中印佛教文化交流的間接產物，其中的印度文化印記由此可見一斑。

楚石梵琦在詩中對於淨土世界的文學書寫既有自己的獨特創造之處，又有淨土經典提供的藍圖。如極樂世界中「果大如蜜甜」便是楚石梵琦自己的想像，淨土佛國中的鴛鴦也是他自己增添的意象。其實，楚石梵琦在詩中更大程度上是憑藉著淨土經典中的淨土佛國描寫而賦詩吟詠的。現拈出淨土經典中佛國描寫的內容，其間的聯繫便可昭然若揭。《佛說阿彌陀經》寫淨土世界的宮殿樓閣與蓮花：「極樂國土七重欄楯，七重羅網，皆是四寶，周匝圍繞，是故彼國名為極樂。又，舍利弗！極樂國土，有七寶池，八功德水，充滿其中。池底以金沙布地，四邊階道，金、銀、琉璃、玻璨合成。上有樓閣，亦以金、銀、琉璃、玻璨、硨磲、赤珠、瑪瑙嚴飾而成。池中蓮花，大如車輪，青色青光，黃色黃光，赤色赤光，白色白光，微妙香潔。」〔註47〕

楚石梵琦在遊觀淨土結束後，常常思考現實社會的種種苦難，從而生起出離之心與厭世之情。淨土宗屬於大乘佛教，故而，楚石梵琦不僅注重自我解脫，還積極發揚菩薩道精神拔眾生之苦「載顧同群雁，毋為獨跳獐」。在禪淨雙修時，楚石梵琦亦注重追求戒、定、慧三學具足，「戒檢若冰霜」「定慧猶如車二輪（《律》）」。〔註48〕

二、對比映襯

楚石梵琦淨土詩的宣教特色體現於對比映襯、因機設教、契經合響、巧用典故四方面。另外，楚石梵琦淨土詩語言追求「尚俗與尚雅的結合」，是其淨土詩宣教藝術的重要特色，吳光正先生已有深入詳細的論述，筆者便不再贅述。〔註49〕

佛教修行需要破除事理分張的障礙，從而到達心境一如、事理不二的圓融境界。但佛法弘傳者面對的宣教對象大多為根機陋劣的凡夫俗子，淨土宗尤其

〔註46〕釋印順著：《淨土學論集》，北京：中華書局，2010年，第38～39。
〔註47〕弘學注：《淨土三經》，成都：巴蜀書社，2001年，第136頁。
〔註48〕（元）梵琦著，于德隆點校：《楚石梵琦全集》，北京：九州出版社，2017年，第389頁。
〔註49〕吳光正：《楚石梵琦的禪淨雙修與〈西齋淨土詩〉創作》，《社會科學戰線》，2017年第7期，第142頁。

如此。因此之故,在結社念佛、弘法佈道的過程中不妨以對比映襯的修辭手段達到根機對治的效果。楚石梵琦曾「謝事閒居,作《懷淨土詩》若干首,勸同袍及同社之人,凡有心者,悉令念佛」。〔註50〕楚石梵琦為使社員對淨土世界深信不疑,往往將娑婆穢土與淨土佛國進行對比映襯,讓修道者生起欣厭之情,從而為社員創造修行契機。同時,楚石梵琦在對穢土的描寫中也揭露了封建社會的種種苦難值得關注。楚石梵琦使用對比映襯修辭手法最為典型的是《娑婆苦・漁家傲十六首》《西方樂・漁家傲十六首》。

楚石梵琦利用人在現實生活中壽命有限與極樂世界壽命無量進行比較,其《娑婆苦・漁家傲十六首》其一:

> 聽說娑婆無量苦,能令智者增憂怖。壽命百年如曉露,君須悟,一般生死無窮富。綠髮紅顏留不住,英雄盡向何方去?回首北邙山下路,斜陽暮,千千萬萬寒鴉度。〔註51〕

與人世間生命譬如朝露不同,西方極樂佛國則是「聽說西方無量樂,長生不假神仙藥。胎就眼開花正拆,心彰灼,永為自在逍遙客(《西方樂・漁家傲十六首》其九)」。〔註52〕閻浮提與安養國的壽命差別不啻天壤。

楚石梵琦《娑婆苦・漁家傲》其九書寫現實社會中商人經商歷經艱險:

> 聽說娑婆無量苦,家家未免為商賈。出入江山多險阻,非吾土,磨牙噬肉遭人虎。魂魄欲歸迷去所,煙橫北嶺雲南塢。一望連天皆莽鹵,知何許,荒村颯颯風吹雨。〔註53〕

而淨土佛國中物質富足,七寶遍布,瓊樓玉宇,鱗次櫛比,富麗堂皇:「聽說西方無量樂,莊嚴七寶為樓閣。瑪瑙珊瑚兼琥珀,光堪摘,金繩界道何輝赫(《西方樂・漁家傲十六首》其二)。」〔註54〕在其對比映襯之下西方殊勝淨土則為理想國。

〔註50〕 （元）梵琦著,于德隆點校:《楚石梵琦全集》,北京:九州出版社,2017 年,第 361 頁。

〔註51〕 （元）梵琦著,于德隆點校:《楚石梵琦全集》,北京:九州出版社,2017 年,第 423 頁。

〔註52〕 （元）梵琦著,于德隆點校:《楚石梵琦全集》,北京:九州出版社,2017 年,第 428 頁。

〔註53〕 （元）梵琦著,于德隆點校:《楚石梵琦全集》,北京:九州出版社,2017 年,第 425 頁。

〔註54〕 （元）梵琦著,于德隆點校:《楚石梵琦全集》,北京:九州出版社,2017 年,第 426 頁。

《娑婆苦‧漁家傲》其十寫亂世中走投無路的百姓無奈從軍，但功業難成與前程渺茫：

> 聽說娑婆無量苦，人當亂世投軍旅。寇至不分男與女，摧腰膂，鳴蟬能斷螳螂斧。縱有才能超卒伍，幾人錦衣還鄉土？燕頷虎頭封萬戶，虛相誤，奈何李廣逢奇數。〔註55〕

在極樂世界則是「聽說西方無量樂，法王治化消諸惡（《西方樂‧漁家傲十六首》其四）〔註56〕」，國家和平，戰亂不興。

溫飽問題是社會底層民眾最關心的問題，楚石梵琦通過對比現實社會民眾缺衣少食的現實狀況與極樂佛國「衣來伸手，飯來張口」的聖境，使民眾欣此厭彼。極樂世界「衣食自然非造作（《西方樂‧漁家傲十六首》其四）」「珠衣綺饌黃金宅（《西方樂‧漁家傲十六首》其五）〔註57〕」。封建社會的狀況則是：

> 聽說娑婆無量苦，高誇富貴足貧寠。無食無衣無棟宇，懸空釜，舉頭又見紅輪午。只有磵邊芹可煮，黃昏坐聽饑腸語。多粟多金多子女，同歡聚，看來總是前生注。（《娑婆苦‧漁家傲》其八）〔註58〕

一方面，淨土佛國的殊勝美好，反映出社會的苦難與醜惡。一方面，又體現了人類對理想生存環境的想像與追求，「在人類文學史上，所有表現樂園母題的文學中，佛教淨土文學的佛國淨土描寫最細緻，樂園情節表現最充分〔註59〕」。這不僅說明淨土文學以工筆細描見長，也反映了憧憬美好生活是世界文學的共同主題。

此外，楚石梵琦淨土詩具有的強烈現實批判性不可忽略。現擇要拈出幾例如下：

《娑婆苦‧漁家傲》其十三批判苛政猛於虎、酷於蛇，描寫從事茶、鹽、採礦

〔註55〕（元）梵琦著，于德隆點校：《楚石梵琦全集》，北京：九州出版社，2017年，第425頁。

〔註56〕（元）梵琦著，于德隆點校：《楚石梵琦全集》，北京：九州出版社，2017年，第427頁。

〔註57〕（元）梵琦著，于德隆點校：《楚石梵琦全集》，北京：九州出版社，2017年，第427頁。

〔註58〕（元）梵琦著，于德隆點校：《楚石梵琦全集》，北京：九州出版社，2017年，第424～425頁。

〔註59〕侯傳文等著：《中印佛教文學比較研究》，北京：中華書局，2018年，第215頁。

冶煉等行業勞動人民遭受迫害，甚至賣兒鬻女的悲慘生活：

> 聽說娑婆無量苦，茶鹽坑冶倉場務。損折課程遭箠楚，賠官府，傾家賣產輸兒女。口體將何充粒縷，飄蓬未有棲遲所。苛政猛於蛇與虎，爭容訴，勸君莫犯雷霆怒。〔註60〕

《娑婆苦‧漁家傲》其十五寫官府實行嚴刑峻法，百姓有冤難申：

> 聽說娑婆無量苦，橫遭獄訟拘官府。大杖擊身瘡未愈，重鞭楚，血流滿地青蠅聚。牒訴紛紛皆妄語，無人敢打登聞鼓。天上群仙司下土，能輕舉，何時一降幽囚所。〔註61〕

《娑婆苦‧漁家傲》其十六寫農民遇到旱澇等災害顆粒無收，而官府照舊徵糧不輟：

> 聽說娑婆無量苦，三農望斷梅天雨。車水種苗苗不舉，難禁暑，被風扇作荒茅聚。久旱掘泉唯見土，海潮又入兼葭浦。南北東西皆斥鹵，枯禾黍，官糧更要徵民戶。〔註62〕

以上所舉楚石梵琦《娑婆苦‧漁家傲》詞客觀上全面、具體、深刻地反映了元代社會中封建統治的黑暗與廣大百姓的繁重苦難。若根究楚石梵琦批判現實與暴露黑暗的根本目的，會發現他的真實意圖在於「警醒世人」，讓人生起厭世之情，從而神棲淨域：「娑婆生者極愚癡，眾苦縈纏不解思。在世更無清淨業，臨終哪有出離時？百千經裏尋常勸，萬億人中一二知。珍重大仙金色臂，早來攜我入花池（《懷淨土詩一百十首並自序‧其一百十》）。〔註63〕」

三、因機設教

楚石梵琦淨土詩宣教策略中因機設教的特色主要體現在其《列名淨土詩一百八首並自序》中。淨土法門「九品往生」「三根普被，利頓全收」「有教無類」，因此，教化的對象廣泛涉及「僧、儒、道、俗，尼、童、男、女，禪、教、律、密、雲宗、瑜伽，女冠、外宗，及文、武、醫、卜，士、農、工、商，

〔註60〕（元）梵琦著，于德隆點校：《楚石梵琦全集》，北京：九州出版社，2017年，第425頁。

〔註61〕（元）梵琦著，于德隆點校：《楚石梵琦全集》，北京：九州出版社，2017年，第426頁。

〔註62〕（元）梵琦著，于德隆點校：《楚石梵琦全集》，北京：九州出版社，2017年，第426頁。

〔註63〕（元）梵琦著，于德隆點校：《楚石梵琦全集》，北京：九州出版社，2017年，第385頁。

琴、棋、書、畫，漁、樵、耕、牧，吏、卒、巫、匠，屠、酤、織、染，奴、婢、娼、囚，與夫金、銀、珠、玉之伎，雕、鑄、塑、妝之巧，縫、繡、梳、剃，鬻糴、伶官、司庖之流」。〔註 64〕楚石梵琦《列名淨土詩一百八首並自序》又注重在山、城、船、村不同地點「因地制宜」勸導眾生。他勸化的對象不分賢愚好丑、貧富貴賤，廣攝萬類。一年四季，不論人們在行住坐臥的任何行為狀態，還是處於苦樂逆順的任何境遇，或是具有喜怒哀樂的任何心情，或是處在致仕、隱淪、患難、疾病、危亡的境況，楚石梵琦都能為他們應病與藥、巧設方便。

楚石梵琦在淨土詩中勸導眾生時注意根機對治，從而能更好地實現其宣教目的。如文人重視博古通今，他便勸告文人讀南宋王日休撰寫的《龍舒淨土文》，「細讀《龍舒淨土文》，文人念佛甚精勤。既能博學通今古，又復雄談飽見聞（《文》）」；農民最關心衣食問題，他以此勸誘農民重視念佛利益「農家念佛功成後，白繭繰絲谷滿場（《農》）」；他勸化畫工多多傚仿畫家顧愷之、陸探微圖畫佛像，從而以繪畫作佛事，「西方變相能揮筆，寶樹花池總現前（《畫》）」；身陷囹圄、披枷帶鎖的囚犯沒有念佛的條件與信心，他仍勸其念佛「罪重無過殺盜淫，身囚犴獄口呻吟。敲枷打鎖能稱佛，覆地翻天莫變心。夜半從教鬼神嘯，空中自有聖賢臨。收因結果蓮臺上，自性彌陀不外尋（《囚》）」；對於根機遲鈍者，他認為只要稱名念佛，精勤不輟，最終必能有所成就，「道也須臾不可離，愚蒙即是佛根基。不愁耳目聰明誤，何異乾坤混沌時。但念樂邦無別念，專持聖號勿他持。回頭卻笑惺惺漢，錯過彌陀不自知（《愚》）」〔註 65〕正因為楚石梵琦的淨土詩能夠觀機設教，所以達到了「契理契機，徹上徹下」的效果。

四、契經而作

弘道法師評楚石梵琦淨土詩「然未有若西齋老人，禪悅之餘，專意淨業，觸境遇物，發為歌詩，凡數百首，歷歷與契經合」，大囧法師也評楚石梵琦淨土詩「無不與契經合響」〔註 66〕。故而，「契經合響」是楚石梵琦淨土詩宣教藝術的

〔註 64〕（元）梵琦著，于德隆點校：《楚石梵琦全集》，北京：九州出版社，2017 年，第 386 頁。

〔註 65〕以上所引用楚石梵琦的《列名淨土詩一百八首並自序》皆出自（元）梵琦著，于德隆點校：《楚石梵琦全集》，北京：九州出版社，2017 年，第 386～410 頁。

〔註 66〕（元）梵琦著，于德隆點校：《楚石梵琦全集》，北京：九州出版社，2017 年，第 355、356 頁。

一大特色。楚石梵琦寫有《十六觀讚二十二首》便與《佛說觀無量壽經》契合。
《佛說觀無量壽經》中釋迦牟尼共講述了十六觀法，具體包括定善（「所謂定善，
就是息慮凝心，把思慮停息下來，把心凝眾（？）起來，進入禪定觀想的意思」
〔註67〕）十三觀與散善（「散善就是所謂廢惡修善，以散亂狀態下的心，停止作
惡，同時去做善行，是一種行為上的修持」〔註68〕）三觀。定善十三觀中，第一
觀至第七觀是對依報的觀法，第八觀至第十三觀是對正報的觀法。〔註69〕現舉
出楚石梵琦「假觀」（假藉此世界的事物觀想）時寫作的《日觀》詩：「第一觀門
名日觀，遙觀落日向西懸。光明了了同金鼓，輪相團團掛碧天。身去身來心不昧，
即見彌陀現我前。」〔註70〕《佛說無量壽經》中對日觀的描寫為「佛告韋提希：
『汝及眾生，應當繫念一處，想於西方。云何作想？凡作想者，一切眾生，自非
生盲，有目之徒，皆見日沒。當起想念，正坐西向，諦觀於日欲沒之處，令心堅
住，專想不移。見日欲沒，狀如懸鼓，既見日已，閉目開目，皆令明瞭，是為日
想，名曰初觀」。〔註71〕我們比照楚石梵琦的《日觀》讚詩與《佛說阿彌陀經》
中對日觀時的意象如「落日」與「鼓」、動作如「眼舒眼合（閉目開目）」極為一
致，這種書寫的一致性不是簡單的重複，其背後的深層原因是宗教儀軌與信仰的
神聖性。楚石梵琦其他觀想讚詩的書寫方式與此相同，不再贅舉。

　　楚石梵琦還寫有《化生讚八首》，分別為《白鶴》《舍利》《孔雀》《鸚鵡》
《頻伽》《共命》《水鳥》《樹林》。楚石梵琦的《化生讚八首》基本上是對《佛
說阿彌陀經》相關內容的詩化演繹，經中描寫靈禽樹林是「復次，舍利弗！彼
國常有種種奇妙雜色之鳥：白鶴、孔雀、鸚鵡、舍利、迦陵頻伽、共命之鳥。
是諸眾鳥，晝夜六時，出和雅音。其音演暢五根、五力、七菩提分、八聖道分、
如是等法。其土眾生，聞是音已，皆悉念佛、念法、念僧。舍利弗！汝勿謂此
鳥，實是罪報所生，所以者何？彼佛國土，無三惡道。舍利弗！其佛國土，尚
無惡道之名，何況有實。是諸眾鳥，皆是阿彌陀佛，欲令法音宣流，變化所作。
舍利弗！彼佛國土，微風吹動，諸寶行樹，及寶羅網，出微妙音，譬如百千種

〔註67〕弘學注：《淨土三經》，成都：巴蜀書社，2001 年，第 85～86 頁。
〔註68〕弘學注：《淨土三經》，成都：巴蜀書社，2001 年，第 88 頁。
〔註69〕「所謂依報，是有情眾生所依的外境果報，指山河大地。所謂正報，是有情眾
　　　　生依過去業因而得的果報，指身體、精神」。弘學注：《淨土三經》，成都：巴
　　　　蜀書社，2001 年，第 86 頁。
〔註70〕（元）梵琦著，于德隆點校：《楚石梵琦全集》，北京：九州出版社，2017 年，
　　　　第 411 頁。
〔註71〕弘學注：《淨土三經》，成都：巴蜀書社，2001 年，第 97 頁。

音樂，同時俱作」。〔註72〕顯而易見，淨土三經與楚石梵琦的淨土詩合若符節。

五、妙用典故

　　楚石梵琦淨土詩宣教藝術的又一特色是妙用典故，從而使其淨土詩增強感染力。楚石梵琦勸導道士念佛寫道「象帝不知誰氏子」，在此便化用《老子》中的「吾不知誰之子，象帝之先」〔註73〕；他勸告工匠念佛，寫道「揮斤去堊任非輕」，用《莊子・徐无鬼》中運斤成風的匠師指代工匠；勸導官吏念佛，寫道「誰見楊公不受金」，用楊震夜拒受金的典故，「（王密）謁見，至夜懷金十斤以遺震。震曰：『故人知君，君不知故人，何也？』密曰：『暮夜無知者。』震曰：『天知，神知、我知、子知。何謂無知！密愧而出」〔註74〕；他勸化玉工皈依阿彌陀佛，寫道「荊山泣血成何事，百歲光陰枉棄捐」，使用《韓非子・和氏》中和氏獻玉的典故；勸告人在忙時也念佛，寫道「休念功名唯念佛，但憂道業勿憂貧」，則化用陶淵明《癸卯歲始春懷古田舍二首》其二中的「先師有遺訓，憂道不憂貧」〔註75〕；勸十歲孩童念佛，他在詩中寫道「法華會上稱龍女，八歲巍巍坐道場」〔註76〕，運用《妙法蓮華經・提婆達多品》中龍女成佛的典故。楚石梵琦通過妙用各類典故使得其淨土詩文化意蘊豐厚，更加耐人品咂咀嚼，同時，也增加了詩歌的宣教藝術魅力。

第三節　淨土宗文學之發展及其承續

　　「佛教的淨土，是眾生的理想生活世界，是依著諸佛菩薩的本願與眾生的因緣等建構而成的完美佛土」。〔註77〕佛教淨土世界為數甚多，最著名者當屬

〔註72〕弘學注：《淨土三經》，成都：巴蜀書社，2001年，第137頁。

〔註73〕陳鼓應：《老子今注今譯》，北京：中華書局，2020年，第66頁。

〔註74〕（南朝宋）范曄撰：《後漢書》，北京：中華書局，2007年，第516頁。

〔註75〕（晉）陶潛著，龔斌校箋：《陶淵明集校箋》（修訂本），上海：上海古籍出版社，2011年，第191頁。此語雖源自《論語・衛靈公》，但楚石《西齋淨土詩》與《西齋和陶集》創作時間極為相近，故筆者認為受陶潛影響的可能性較大。

〔註76〕以上所引用楚石梵琦詩句均出自其《列名淨土詩一百八首並自序》，參見（元）梵琦著，于德隆點校：《楚石梵琦全集》，北京：九州出版社，2017年，第386～410頁。

〔註77〕洪緣因：《淨土修持法──蓮華藏淨土與極樂世界》，臺北：全佛文化出版社，1995年，第43頁。轉自：鄭志明：《〈佛說觀藥王藥上二菩薩經〉的淨土觀》，《天國、淨土與人間：耶佛對話與社會關懷》，學愚主編，北京：中華書局，2008年，第8頁。

西方阿彌陀佛的極樂世界，此外還有東方藥師佛的淨琉璃世界、毗盧遮那佛的
蓮華藏世界、釋迦牟尼佛的靈鷲山世界、彌勒佛的兜率天世界、不動佛的東方
妙喜世界、文殊師利菩薩的清涼山世界、普賢菩薩的峨眉山世界、觀世音菩薩
的補陀洛山世界、地藏王菩薩的佉羅帝耶山世界、藥王、藥上菩薩的常安樂光
淨土等。〔註78〕彌勒與彌陀是中國古代淨土宗信仰的對象，二者均產生於公元
前二、三世紀大乘佛教興起的時代，並且皆受到了波斯與印度固有文化的影
響。〔註79〕

一、中國元前淨土文學述略

「淨土教的東傳，來自後漢靈帝光和二年（179），以支婁迦讖譯出《般舟
三昧經》為嚆矢，後來隨著《無量壽經》《阿彌陀經》的譯出，僧俗之間，漸
生信仰者」。〔註80〕從此，以阿彌陀佛及其西方極樂世界的信仰既廣泛地影響
著中國古代僧俗的思想，又豐富了中國古代文學的內容。

中國古代的大多數淨土信仰者，推崇的淨土經典是淨土三經，即曹魏康僧
鎧譯的《佛說無量壽經》、劉宋畺良耶舍譯出的《佛說觀無量壽經》、姚秦鳩摩
羅什翻譯的《佛說阿彌陀經》。淨土三經自身便極具文學性，侯傳文認為「淨
土三經像是一部長篇小說的三部曲」，其中對比映襯、意象譬喻的藝術手法的
運用引人注目。〔註81〕李小榮先生則詳細地從建構的理想極樂世界、塑造的願
力榜樣、日常生活化的宗教實踐方式、用蓮花化生解決作為修道者的人生歸宿
四方面闡釋了淨土三經的文學性。〔註82〕我國古代的文人、僧侶受淨土思想的
薰染創作出了不少的淨土文學作品。〔註83〕東晉名僧支遁有《阿彌陀佛像讚並
序》《彌勒讚》。前者之序文云：

〔註78〕鄭志明：《〈佛說觀藥王藥上二菩薩經〉的淨土觀》，《天國、淨土與人間：耶佛
　　　　對話與社會關懷》，學愚主編，北京：中華書局，2008年，第8頁。
〔註79〕普慧：《略論彌勒、彌陀淨土信仰之興起》，《中國文化研究》，2006年冬之卷，
　　　　第138～147。
〔註80〕聖凱著：《晉唐彌陀淨土的思想與信仰》，北京：中國社會科學出版社，2009
　　　　年，第208～209頁。
〔註81〕侯傳文著：《佛經的文學性解讀》，北京：中華書局，2004年，第65～79頁。
〔註82〕李小榮：《淨土三經的文學世界》，《貴州社會科學》，2013年第6期，第42～
　　　　48頁。
〔註83〕弘學在其著作《淨土信仰》中設置了「淨土文學」一節，從弘學的論述與舉例
　　　　來看淨土文學的範圍只包括詩詞。弘學注：《淨土信仰》，成都：巴蜀書社，
　　　　2011年，第307～318。筆者認為具有審美意義的文應包括在內。

佛經記西方有國，國名安養，回遼迴邈，路逾恒沙。非無待者，不能遊其疆；非不疾者，焉能致其速。其佛號阿彌陀，晉言無量壽。國無王制班爵之序，以佛為君，三乘為教。男女各化育於蓮花之中，無有胎孕之穢也。館宇宮殿悉以七寶，皆自然懸構，制非人匠。苑囿池沼，蔚有奇榮。飛沉天逸於淵藪，逝寓群獸而率真。閶闔無扇於瓊林，玉響天諧於簫管。冥宵隕華以闇境，神風拂故而納新。甘露徵化以醴被，蕙風導德而芳流。〔註84〕

支遁認為阿彌陀佛的西方極樂世界雖然遠在「過十萬億佛土」〔註85〕，但無封建政治制度的羈絆，在此可以阿彌陀佛為精神領袖，用聲聞乘、人天乘、菩薩乘的修行方式教化眾生。在安養國，人人化育於蓮花中，清潔無比，而無胎生的血穢，樓閣宮殿皆以金、銀、瑪瑙等七寶自然構築，池沼常流八功德水，如來變化的飛禽演暢法音，此處沒有蕭瑟蕭殺之秋風，相反，四季惠風和暢。極樂世界的人在證得佛法時，會有「無量妙華，隨風四散」〔註86〕。天樂美妙，甘露如醴的極樂世界讓支遁「馳心神國」。

淨土宗初祖慧遠與劉遺民、雷次宗等一百二十三人在廬山般若臺精舍阿彌陀佛像前共結蓮社，誓生西方。在結社活動中，僧俗應皆有創作，現存劉遺民《廬山白蓮社誓文》、慧遠《念佛三昧詩序》、王喬之《念佛三昧詩四首》。現拈出王喬之《念佛三昧詩》其四「慨自一生，夙乏慧識。托崇淵人，庶籍冥力。思轉豪功，在深不測。至起之念，注心西極」。〔註87〕王喬之在詩中慨歎自己根機遲鈍，希望自己可以通過虔誠的信仰與觀想憑藉他力往生極樂。

與王喬之等大多數人僅僅神往極樂世界不同，「及通內典，心地更精」〔註88〕的謝靈運在其《淨土詠》中寫道「法藏長王宮，懷道出國城。願言四十八，宏誓拯群生。淨土一何妙，來者皆菁英。頹言安可寄，乘化必晨征」。〔註89〕謝客在詩中對法藏捨棄王位，發四十八大願拯救眾生深為崇拜。當然，謝靈運也期待早日往生淨域。

淨土宗的曇鸞大師（476～542）主張他力本願說、闡述稱名念佛等，對淨

〔註84〕張富春著：《支遁集校注》，成都：巴蜀書社，2014 年，第 388～389 頁。
〔註85〕弘學注：《淨土三經》，成都：巴蜀書社，2001 年，第 136 頁。
〔註86〕弘學注：《淨土三經》，成都：巴蜀書社，2001 年，第 55 頁。
〔註87〕《大正藏》（第 47 冊），第 221 頁。
〔註88〕（清）何文煥輯：《歷代詩話》，中華書局，1981 年，第 32 頁。
〔註89〕《大正藏》（第 47 冊），2018 年，第 221 頁。

土宗貢獻極大。曇鸞依據《無量壽經》撰有《讚阿彌陀佛偈》，共有五十首七言偈頌。其中前二首介紹極樂世界的方位與阿彌陀佛的成佛時間、壽命無量與光明無量的特徵，中間十二首讚歎十二光佛（李小榮先生表述為「前 14 首 56 句讚歎的是十二光佛」），後三十六首讚歎淨土中的佛與菩薩及其依報莊嚴，同時，抒發自己的皈依情懷。〔註90〕曇鸞讚歎十二光佛的作品如《讚阿彌陀佛偈》其十四「南無至心歸命禮西方阿彌陀佛！（和聲辭）光明照耀逾日月，故佛號超日月光，釋迦佛尚歎不盡，故我稽首無等等。願共諸眾生，往生安樂國！（和聲辭）」〔註91〕曇鸞稱讚淨土殊勝的作品如《讚阿彌陀佛偈》其四十六「樓閣殿堂非工造，七寶雕綺化所成，明月珠璫交露幔，各有浴池形相稱。八功德水滿池中，色味香潔如甘露，黃金池者白銀沙，七寶池沙互如此。池岸香樹垂布上，旃檀芬馥常流馨，天華璀璨為映飾，水上熠耀若景雲。無漏依果難思議，是故稽首功德藏（和聲辭略）」。〔註92〕在這首偈頌中曇鸞讚歎西方極樂世界瓊樓玉宇、天花繽紛、不可思議，在封建時代金銀珠寶砌就的虛幻世界對於食不果腹的信眾而言自然極具誘惑力。

至唐代淨土宗發展成熟，僧俗創作出大量的淨土文學作品。蓮宗二祖善導（613～681），是我國淨土宗的實際創始人，多才多藝，曾畫淨土變相三百多壁。善導的偈頌、讚作品有《往生禮讚偈》《轉經行道願往生淨土法事讚》《依觀經等明般舟三昧行道往生讚》。〔註93〕善導大師寫有《勸化徑路修行頌》（又稱《勸念佛偈》）：「漸漸雞皮鶴髮，看看行步龍鍾。假饒金玉滿堂，誰免衰殘老病。任汝千般快樂，無常終是到來。唯有徑路修行，但念阿彌陀佛。」〔註94〕善導在此向世人宣說紅顏易逝、富貴難保、生命無常。這首偈頌語言通俗易懂，想必定能傳唱於販夫走卒之口，尤為重要的是它對楚石梵琦淨土詩創作產生了重要的影響。（相關論述見後文）

慧日（680～784），曾遠遊印度，遊歷獅子洲（今斯里蘭卡）等七十多個國家，唐玄宗賜其號「慈愍三藏」。慧日今存著作有《淨土慈悲集》《般舟三昧

〔註90〕 李小榮著：《敦煌佛教音樂文學研究》，福州：福建人民出版社，2007 年，第30～43 頁。李小榮先生將《讚阿彌陀佛偈》與《無量壽經》比對後發現兩者存在三種密切對應關係，即完全對應式、拓展式、概述式。

〔註91〕 《大正藏》（第 47 冊），第 421 頁。

〔註92〕 《大正藏》（第 47 冊），第 423 頁。

〔註93〕 關於善導淨土文學作品的解讀參見李小榮著：《敦煌佛教音樂文學研究》，福州：福建人民出版社，2007 年，第 43～55 頁。

〔註94〕 《大正藏》（第 47 冊），第 219 頁。

讚》（載於法照《淨土五會念佛略法事儀讚》）《西方讚》《願生淨土讚》（二者
載於敦煌石室發現的法照《淨土五會念佛誦經觀行儀》中）。〔註95〕現引慈愍
和尚依《般舟三昧經》而作《般舟三昧讚》中對地獄的描寫部分，以窺探地獄
之一隅：「般舟三昧樂（願往生），專心念佛禮彌陀（無量樂）。憶受地獄長時
苦（願往生），業風吹去不知回（無量樂）。般舟三昧樂（願往生），專心念佛
見彌陀（無量樂）。或入鑊湯爐炭火（願往生），騰波猛焰劇天雷（無量樂）。
般舟三昧樂（願往生），專心念佛禮彌陀（無量樂）。或上刀山攀劍樹（願往生），
皮膚骨肉變成灰（無量樂）。〔註96〕

　　被譽為「後善導」的法照（766～779），蓮宗四祖。淨土宗史與淨土文
學史上的關鍵人物。法照編撰有《淨土五會念佛誦經觀行儀》（P.2066 存卷
中，P.2250 與 P.2963 存卷下）《淨土五會念佛略法事讚》（保存於日本）。張
先堂先生在《敦煌本唐代淨土五會讚文與佛教文學》中統計出法照整理彙集
高僧淨土讚文五十二篇，自己創作十六篇。張先生認為法照極大地促進了淨
土宗的發展，亦對唐代佛教文學（引者注：尤其是唐代淨土文學）貢獻甚巨。
張先生通過分析敦煌本淨土五會念佛讚文，闡明其文學特點與價值表現在內
容的豐富性、五會念佛的音樂性、語言及表達方式的通俗性、韻律與修辭手
法的文學性。〔註97〕

　　善導與法照編著的淨土文學作品數量眾多，內容豐富且複雜。李小榮先生
在其著作《敦煌佛教音樂文學研究》中對二人淨土作品的內容及音樂特徵進行
了詳細而獨到的論述。〔註98〕

　　唐朝文人創作淨土文學者大有人在，著名文人李白、柳宗元、白居易皆有
作品存世。李白代湖州刺史韋某的夫人為亡夫所作《金銀泥畫西方淨土變相讚
並序》，他在序文中稱讚阿彌陀佛相好莊嚴「彼國之佛，身長六十萬億恒沙由

〔註95〕陳揚炯著：《中國淨土宗通史》，南京：鳳凰出版社，2008 年，第 349～352 頁。
〔註96〕《大正藏》（第 47 冊），第 481 頁。李小榮先生認為讚中對地獄的描寫應受到
　　　　《大智度論》《觀佛三昧海經》等經典的影響。李小榮：《敦煌佛教音樂文學研
　　　　究》，福州：福建人民出版社，2007 年，第 30～43 頁。由此，我們可以發現
　　　　淨土文學的內容從僅據淨土三經到旁徵博引逐漸豐富起來。
〔註97〕張先堂：《敦煌本唐代淨土五會讚文與佛教文學》，《敦煌研究》，1996 年第 4
　　　　期，第 63～73 頁。法照的淨土思想分析可參閱聖凱：《晉唐彌陀淨土的思想
　　　　與信仰》，北京：中國社會科學出版社，2009 年，第 208～233 頁。
〔註98〕參見李小榮：《敦煌佛教音樂文學研究》，福州：福建人民出版社，2007 年，
　　　　第 1～148 頁。關注敦煌淨土文學的國內外學者較多，相關成果極為豐富，可
　　　　參閱李先生書的綜述部分。

尋，眉間白豪，向右宛轉，如五須彌山，目光清白，若四海水。端坐說法，湛
然常存」，讚歎安養國的富麗堂皇「沼明金沙，岸列珍樹，欄楯彌覆，羅網周
張。車渠瑠璃，為樓殿之飾；頗璃瑪瑙，耀階砌之榮」。〔註99〕柳宗元寫有《南
嶽彌陀和尚碑》，記述彌陀和尚（承遠，淨土三祖，法照之師）的生平，描述
其苦行之修持，「公始居山西南岩石之下，人遺之食則食，不遺則食土泥、茹
草木。其取衣類是」。〔註100〕柳氏還寫有《永州龍興寺修淨土院記》《東海若》。
他甚至親自幫助巽上人建設淨土院，增塑觀世音、大勢至像。

白居易既信仰彌勒，又信仰彌陀，其妻楊氏亦為善女人。白氏書寫彌勒與
兜率宮的作品有《畫彌勒上生幀讚》《畫彌勒上生幀記》，後者寫道：

> 南贍部洲大唐國東都香山寺居士太原人白樂天，年老病風，因
> 身有苦，遍念一切惡趣眾生，願同我身離苦得樂。由是繪事，按經
> 文，仰兜率天宮，想彌勒內眾，以丹素金碧形容之，以香火花果供
> 養之。一禮一讚所生功德，若我老病苦者，皆得如本願焉。本願云
> 何？先是，樂天歸三寶，持十齋，受八戒者，有年歲矣。常日日焚
> 香佛前，稽首發願，願當來世與一切眾生同彌勒上生，隨慈氏下降，
> 生生劫劫與慈氏俱。永離生死流，終成無上道。今因老病，重此證
> 明，所以表不忘初心而必果本願也。慈氏在上，實聞斯言。言訖作
> 禮，自為此記。時開成五年三月日記。〔註101〕

年老患病的白居易在記中發弘誓大願，不僅自利，還注重利他。他陳述自
己虔誠地履踐佛教儀軌：鮮花供養、焚香禮佛、持八關齋戒。正如白居易所言，
他是「按經文」進行宗教實踐的。《佛說觀彌勒菩薩上生兜率天經》：「若有精
勤修諸功德，威儀不缺，掃塔塗地，以眾名香妙花供養，行眾三昧……應當繫
念，念佛形象，稱彌勒名，如是等輩，若一念頃，受八戒齋，修諸淨業，發弘
誓願，命終之後，譬如壯士屈申臂頃，即得往生兜率陀天，於蓮花上結跏趺坐。」
〔註102〕同時，白居易也創作出不少關於西方淨土信仰的作品如《繡阿彌陀佛
讚並序》《繡西方幀讚並序》《東林寺臨水坐》《淨土要言》等。

〔註99〕郁賢浩校注：《李白全集校注》，南京：鳳凰出版社，2015 年，第 3891 頁。
〔註100〕（唐）柳宗元撰，尹占華，韓文奇校注：《柳宗元集校注》，北京：中華書局，
　　　　2013 年，第 455 頁。
〔註101〕（唐）白居易著，謝思煒校注：《白居易文集》，北京：中華書局，2011 年，
　　　　第 2011 頁。
〔註102〕《大正藏》（第 14 冊）第 420 頁。

宋代淨宗得到普及，據南宋沙門宗曉編撰的《樂邦文類》可知，宋代的淨土文學作家、作品數量大增，讚寧、宗賾、遵式撰有淨土文；智圓、蘇軾、惠洪、楊傑寫有像讚；有嚴、元照等寫有十六觀頌與勸念佛頌；沖默、可旻、曇瑩、淨圓等有書寫淨土信仰的詩詞作品；永明延壽現有《棲神安養賦》存世。由此可見，淨土文學發展至宋代可謂眾體兼備，呈現繁榮局面。

關於淨土文學文獻分布情況弘學有過簡要梳理：「有關淨土的詩詞，收錄在《蓮邦消息》《淨土隨學》《淨土極信錄》《淨土證心集》《唯心集》《毗陵天寧普能嵩禪師淨土》《淨土救生船詩》《蓮修必讀》《影響集》等淨土詩偈讚集中，在我國佛詩中佔有很大比重。」〔註103〕弘學所言的淨土文學，還可以擴充到關涉淨土信仰的文章、戲曲（如《淨土歸元鏡》）等內容。

綜上所述，在中國古代文學中，以書寫彌陀信仰為主的淨土文學是一個不容忽視的存在。淨土文學的產生與發展是符合佛教發展規律的：「晚唐五代以下，特別是宋以下，佛教逐漸形成兩大主流：一大主流是『禪淨合一』，屬於佛教的義理層面。」〔註104〕義理型佛教出現「禪淨合一」的思想特點，信仰型佛教更是得到發展。淨土宗自身具有極大的圓融性，天台宗、禪宗等宗派都可輔修淨土，甚至形成了「諸宗歸淨土」的趨勢。因此，淨土文學具有為數眾多的教內外作者。淨土文學形成了自身的書寫特徵：第一，書寫對象為彌陀佛、觀世音、大勢至、西方極樂世界；第二，書寫文體以詩、讚為主（讚文大多為五、七言）；第三，東晉之後，淨土文學書寫語言變得通俗易懂，這與閱讀對象大多為修持易行道的「鈍根凡夫」有關。

二、楚石梵琦淨土詩的承啟

楚石梵琦《西齋淨土詩》繼承了中國淨土文學書寫的傳統，主要表現在主題、構思、語言方面對前賢的借鑒。楚石梵琦《西齋淨土詩》中的重要主題是書寫阿彌陀佛、觀世音、大勢至、西方極樂世界的神聖莊嚴，這與前文論述的淨土書寫傳統的書寫對象是一致的。若分析楚石梵琦具體淨土詩作品的書寫主題，也會發現對傳統的繼承，如以其《十六觀讚》為例，遵式、有嚴、元照皆寫有《十六觀頌》，在書寫主題方面顯然是對前人的繼承。

〔註103〕弘學著：《淨土信仰》，成都：巴蜀書社，2011 年，第 315～316 頁。
〔註104〕方廣錩：《中國佛教儀式研究：以齋供為中心‧序》，侯衝著，上海：上海古籍出版社，2018 年。

　　從其淨土詩創作動機來看，楚石梵琦紹繼前代宗師的創作思維，一是書寫自己的宗教修行體驗，一是勸導他人。楚石梵琦在淨土勸導詩中楚石梵琦對善導個別作品的發揚不遺餘力，他敷演善導的《勸念佛偈》寫成《析善導和尚念佛偈八首》。善導的《勸念佛偈》為：「漸漸雞皮鶴髮，看看行步龍鍾。假饒金玉滿堂，誰免衰殘老病。任汝千般快樂，無常終是到來。唯有徑路修行，但念阿彌陀佛。」〔註105〕楚石梵琦則將每一句演繹成一首詩偈，如「漸漸雞皮鶴髮，精神未免枯竭。可憐老眼昏花，恰似浮雲籠月。妄想隨時出生，貪心何日休歇？不如及早念佛，苦海從今超越（《析善導和尚念佛偈八首·其一》）」〔註106〕。《析善導和尚念佛偈八首》的每首第一句皆為善導《勸念佛偈》的一句，每首詩偈的第七句為「不如及早念佛」（第八首除外）。其實，楚石梵琦與善導的勸念佛偈內容並無多大差異，皆向世人宣揚容顏易老、人生無常，應該及早念佛，出離苦海。

　　從語言的繼承方面分析，可以發現楚石梵琦的《西方樂·漁家傲十六首》中反覆使用的「無量樂」短語是源自慈愍和尚《般舟三昧讚》中「專心念佛禮彌陀（無量樂）」的和聲詞。再如楚石梵琦《懷淨土詩一百十首並自序》其五十一中的「客路泠蹛無一好，人生惆悵不多時」〔註107〕是化用楂庵法師有嚴《懷安養故鄉詩四首並序》其三中的「客路泠蹛都已困，風塵孤苦最堪嗟」〔註108〕。總而言之，楚石梵琦的《西齋淨土詩》具有虛構與誇飾之美，使人飄飄乎若遊觀於佛國。其淨土詩能具有如此美妙的宣教藝術與中國淨土宗文學傳統的滋養密不可分。晚明高僧藕益大師曾編著「淨土十要」，《西齋淨土詩》被按時代順序列為第七要，成為淨土詩的典範。「《西齋淨土詩》一經問世，就受到了佛教界之高度評價和善男信女的普遍歡迎，600年來一版再版，廣為流傳。初版於明洪武二十一年，再版於永樂十六年，三版於萬曆四十三年，四版於天啟五年，清代起收入多部佛教大藏經，金陵刻經處本、海鹽天寧寺本和《琳琅密室叢書》本等多種單印本。2004年，天寧永祚禪寺給予了重印；2005年，淨土宗祖庭——江西廬山樂林寺也給予了重印，並在東林寺

〔註105〕《大正藏》（第47冊），第219頁。
〔註106〕（元）梵琦著，于德隆點校：《楚石梵琦全集》，北京：九州出版社，2017年，第418頁。
〔註107〕（元）梵琦著，于德隆點校：《楚石梵琦全集》，北京：九州出版社，2017年，第372頁。
〔註108〕《大正藏》（第47冊），第223頁。

寺刊《淨土》雜誌也不斷選載梵琦禪師詩作，連續數年，其意義非常重要」。
〔註109〕2023 年 3 月 15 日，《東林法音》以「凡夫只為貪嗔重，不覺身棲七
寶林」為題推送了傳印長老的《刊印〈西齋淨土〉序》。

〔註109〕孫曉梅：《梵琦楚石禪師〈西齋淨土詩〉之淺析》，《楚石禪師研究文集》，海
　　　　鹽縣天寧佛教文化基金會，2017 年，第 162～173 頁。

第六章　詩意盎然的楚石語錄

　　楚石梵琦現存的二十卷語錄詩意盎然，是瞭望其詩歌創作與文學素養的重要窗口。楚石禪師以歷代祖師、觀音、十六羅漢、禪門散聖為對象創作的詩讚既歌頌祖師的豐功偉業，又配合、詮釋禪宗繪畫。楚石禪師或為學僧參方禮祖、或為歌頌禪宗門庭施設、或為送別日本、高麗僧眾歸國撰寫了大量極富意趣、感情真摯的詩偈。通過楚石禪師創作的詩偈可以飽覽和瞭解廬山、天台山的旖旎風光與佛教文化，尤其可以窺見楚石禪師與日本、高麗僧侶的深情厚誼。楚石禪師在說法語錄中屢屢引用文人詩、釋子詩以及自己即興創作詩歌拈花指月、繞路說禪。楚石禪師以詩證禪足見其文學素養之高，亦見其說法手段靈活多變、脫略窠臼。

　　楚石禪師語錄全稱為《佛日普照慧辯楚石禪師語錄》（文中簡稱楚石語錄），共二十卷。錢惟善、宋濂分別為楚石語錄撰寫序文《佛日普照慧辯楚石禪師語錄序》《佛日普照慧辯楚石禪師六會語錄序》。楚石語錄包括《住福臻禪寺語錄》《住海鹽州天寧永祚禪寺語錄》《住杭州路鳳山大報國禪寺語錄》《住嘉興路本覺寺語錄》《住嘉興路光孝禪寺語錄》《再住海鹽州天寧永祚禪寺語錄》、代別、秉拂小參、舉古、頌古、（因以上內容均為用「語體文」寫成的對話錄，故下文統稱為說法語錄）、佛祖偈讚、偈頌等。楚石語錄是反映楚石生平、思想的重要文獻，而其中的詩讚、偈頌以及說法語錄中引用的詩歌皆為研究楚石文學創作與文學素養的重要向度。

第一節 「昭述勳德」與輔助圖像的詩讚

　　讚體可導源於圖讚，用以輔助說明圖畫內容，其在後世出現述讚、像讚（象讚、畫讚）、序讚三個發展方向，其功能受佛經文體（梵唄）的影響由最初的兼具褒貶而最終演變為純粹讚美。〔註1〕早期讚如袁宏撰寫的《三國名臣序讚》之諸葛亮讚「堂堂孔明，基宇宏邈。器同生民，獨稟先覺。標榜風流，遠明管樂。初九龍盤，雅志彌確。百六道喪，干戈迭用。苟非命世，孰掃雰雺。宗子思寧，薄言解控。釋褐中林，郁為時棟」。〔註2〕讚體的特徵正如劉勰在《文心雕龍‧頌讚》中所言「（讚）所以古來篇體，促而不廣，必結言於四字之句，盤桓乎數韻之辭」。〔註3〕由此可見，讚與詩在韻律、篇幅等方面的界限較為明顯。

　　促進中國古代文學中讚體新變的重要人物是名僧支遁。張富春《讚體新變：佛教題材及五言詩之開拓》中指出支遁之讚內容方面的創新是「佛菩薩名僧廁身讚之行列」，其在讚體形式方面的新變是「五言詩體之運用」，〔註4〕例如支遁《諸菩薩讚十首》之《維摩詰讚》寫道「維摩體神性，陵化昭機庭。無可無不可，流浪入形名。民動則我疾，人恬我氣平。恬動豈形影，形影應機情。玄韻乘十哲，頡頏傲四英。忘期遇濡首，疊疊讚生死」。〔註5〕日本學者加地哲定認為「（支遁《文殊師利讚》）這是把《維摩詰所說經‧文殊師利問疾品》以中國詩形式予以精練而表達的東西。這點正是中國佛教文學的特色」。〔註6〕從中可知兩個變化，一是讚與五言詩逐漸融合。一是印度佛教文化與中國文化結合生產出了中國讚文體的寧馨兒——佛教讚文（又稱「釋氏像讚」）。〔註7〕

〔註1〕 高華平先生認為劉勰在《文心雕龍‧頌讚》中對讚體嬗變的論述不是很明晰。詳見高華平：《讚體的演變及其所受佛經影響探討》，《文史哲》，2008 年第 4 期，第 113～121 頁。

〔註2〕 （梁）蕭統編，（唐）李善注：《文選》（第 5 冊），上海：上海古籍出版社，1986 年，第 2131 頁。

〔註3〕 （南朝）劉勰著，范文瀾注：《文心雕龍注》（上冊），上海：華東師範大學出版社，2019 年，第 132 頁。

〔註4〕 張富春著：《支遁集校注‧前言》，成都：巴蜀書社，2014 年，第 23～32 頁。

〔註5〕 張富春著：《支遁集校注‧前言》，成都：巴蜀書社，2014 年，第 440 頁。

〔註6〕 （日）加地哲定著，劉衛星譯，秦惠彬校：《中國佛教文學》，北京：今日中國出版社，1990 年，第 27 頁。

〔註7〕 張先堂：《敦煌本唐代淨土五會讚文與佛教文學》，《敦煌研究》，1996 年第 4 期，第 64 頁。馮國棟先生為釋氏像讚下的定義是「指以佛、菩薩、祖師為對象，對其生平行履、儀態功德進行讚頌的文體。釋氏像讚多與畫像、寫真、頂

但是，東晉及之前的讚畢竟是「發源雖遠，而致用蓋寡」。〔註8〕

從前賢時彥的研究中可知，敦煌文獻中保存了大量的佛教讚文。（按：敦煌佛讚中的淨土讚，國內外研究成果豐碩，日本學者的研究尤其突出，如矢吹慶輝、道端良秀、上山大峻、塚本善隆、廣川堯敏、金岡照光等人。另外，孟列夫1963年選輯了敦煌讚文，列入蘇聯科學院亞洲人民研究所的《東方古代文獻叢書》〔註9〕）王志鵬認為「敦煌佛讚，主要指敦煌寫卷中的佛教歌讚，包括讚歎佛、菩薩、佛教祖師及其法相莊嚴和功德偉業，歌詠辭親出家、道場莊嚴、佛教聖境及其奇景異物，蓮花、真身等，詠讚釋迦太子，描寫佛家生活、闡釋佛理、宣揚佛教思想觀念等各類詩體作品，統稱為佛讚」。〔註10〕從體裁來看，敦煌佛讚以七言古詩體裁為主。〔註11〕敦煌佛讚如《讚普賢菩薩》「普賢剎海應群機，象駕神通遍護持。十地有緣方得見，二乘無學豈能知。纖毫納芥因茲悟，一念超凡更不疑。由是善財登正覺，暫時功果滿三衹（P.4617，P.4641）」。〔註12〕

禪宗讚文的創作似始於唐代，蔡榮婷在其《唐代禪宗讚研究》中統計唐代禪宗讚共62首。〔註13〕如招慶淨修創作於後唐天成至南唐保大四年間的菩提達摩讚：「菩提達摩，化道無為，九年少室，六葉宗師。示滅熊耳，只履西歸，梁天不薦，惠可傳衣。」〔註14〕從宋代開始，禪師語錄中便經常出現大量的

相等繪畫作品相配合」。馮國棟：《涉佛文體與佛教儀式——以像讚與疏文為例》，《浙江學刊》，2014年第3期，第81頁。

〔註8〕（南朝）劉勰著，范文瀾注：《文心雕龍注》（上冊），上海：華東師範大學出版社，2019年，第132頁。

〔註9〕湛如著：《敦煌佛教律儀制度研究》，北京：中華書局，2011年（第2版），第234～236頁。

〔註10〕王志鵬著：《佛教影響下的敦煌文學》，北京：人民出版社，2021年，第194頁。

〔註11〕經張先堂先生統計：69種敦煌寫本淨土五會讚文中60種使用七言詩體，在這60首中59首使用七言古詩體裁。張先堂：《敦煌本唐代淨土五會讚文與佛教文學》，《敦煌研究》，1996年第4期，第69頁。

〔註12〕轉自王志鵬著：《佛教影響下的敦煌文學》，北京：人民出版社，2021年，第215～216頁。

〔註13〕蔡榮婷：《唐代禪宗讚研究》，唐代文化、文學研究及教學國際學術研討會論文，2007年5月。轉自祁偉著：《禪宗寫作傳統研究》，北京：中華書局，2021年，第170頁。

〔註14〕（南唐）靜、筠二禪師編撰，孫昌武、（日）衣川賢次、西口芳男點校：《祖堂集》，北京：中華書局，2007年，第101～102頁。

佛、菩薩、歷代祖師、禪門散聖、十六羅漢及當代大德的像讚、畫讚。禪宗像讚則具有特殊的宗教功能，禪門中的肖像具有授禮〔註15〕與葬禮的儀式作用，讚則具有在方丈像與其神聖儀容之間建立聯繫的作用。〔註16〕姚鼐《古文辭類纂·序》寫道「頌讚類者，亦《詩·頌》之流，而不必施之金石者也」，〔註17〕因此，我們不妨將禪師們創作的具有韻律之美的讚視為詩，稱其為詩讚。〔註18〕

　　楚石梵琦詩讚的創作對象包含旃檀瑞像、佛塔、三十三位祖師、地藏王菩薩、文殊大士、維摩居士、彌勒菩薩、十六大阿羅漢、智者大師、趙州和尚、雲門大師、臨濟大師、楊岐祖師、五祖和尚、圓悟祖師、大慧祖師、寒山等禪門散聖、自己的三位師父（元叟和尚、晉洵和尚、訥翁和尚）、同時代的僧侶（古鼎和尚、行中和尚、西白禪師）以及自題等，共約 190 首詩讚。下文將以楚石梵琦詩讚中重要的書寫對象歷代祖師為考察中心進行論述，並兼論楚石為觀音、羅漢、禪門散聖所作詩讚。

一、昭述祖師功德

　　西天二十八祖與東土六祖是禪宗燈錄進行禪史敘述的重要內容，祖師們的事蹟禪林中人耳熟能詳。在禪宗燈史中，西天祖師的人物與順序是有變化的，有時同一人物的名字也不同。〔註19〕楚石梵琦的歷代祖師讚的寫作對象分別為：第一祖摩訶迦葉、第二祖阿難尊者、第三祖商那和修、第四祖優波鞠多、第五

〔註15〕「在宋代，那些需要上層和尚主持授禮的行者和新手，偶而會用上層和尚的肖像代替真人。雖然這個活動被政府官員指責為違濫僧制，但卻證明了關於肖像與活著的祖師具有相同的儀式功能」，T.格里菲斯·福科與羅伯特·H.沙夫認為方丈肖像可能具有籌集資金的功能，「好像他（化主）出發時帶著已先行具名的方丈肖像，將其分發給慷慨施主及重要官員，甚或出售肖像以籌集錢物」，T.格里菲斯·福科、羅伯特·H.沙夫，夏志前譯：《論中世紀中國禪師肖像的儀式功能》，吳言生主編：《中國禪學》（第五卷），北京：中國社會科學出版社，2011 年，第 271～309 頁。

〔註16〕「在肖像上加上大師的題銘（讚），則方丈像和其神聖儀容之間建立了有效聯繫，從而使方丈的肖像活靈活現，就像用遺存來活現佛教聖人的雕像一樣」。T.格里菲斯·福科、羅伯特·H.沙夫，夏志前譯：《論中世紀中國禪師肖像的儀式功能》，吳言生主編：《中國禪學》（第五卷），北京：中國社會科學出版社，2011 年，第 298 頁。

〔註17〕姚鼐編：《古文辭類纂·序》，長沙：嶽麓書社，1988 年，第 3 頁。

〔註18〕黃佐曾將接近於五言絕句、律詩的讚稱為詩讚。參見吳承學、劉湘蘭：《頌讚類文體》，《古典文學知識》，2010 年第 1 期，第 108 頁。

〔註19〕可參閱馮國棟著：《〈景德傳燈錄〉研究》中的「二十八代說形成變化表」「新舊二十八代說對比表」，北京：中華書局，2014 年，第 80～86 頁。

祖提多迦、第六祖彌遮迦、第七祖婆須蜜、第八祖佛陀難提、第九祖伏馱密多、第十祖脅尊者、第十一祖富那夜闍、第十二祖馬鳴大士、第十三祖迦毗摩羅、第十四祖龍樹尊者、第十五祖迦那提婆、第十六祖羅睺羅多、第十七祖僧伽難提、第十八祖鳩摩羅多、第二十祖闍夜多、第二十一祖婆修盤頭、第二十二祖摩拏羅、第二十三祖鶴勒那、第二十四祖獅子尊者、第二十五祖婆舍斯多、第二十六祖不如蜜多、第二十七祖般若多羅、第二十八祖菩提達磨，外加東土六祖（達磨亦列於西天祖師）共計三十三位。禪宗六祖世人皆知，此不贅舉。

　　現選出楚石梵琦為四位祖師的詩讚以窺豹之一斑，楚石《第三祖商那和修讚》云：

> 九枝秀草自然衣，未出胎來早已披。昔日世尊曾記我，百年羅漢更由誰。火龍始信慈悲大，神力還因懈慢施。畢竟無心又無法，何妨弟子去求師。〔註20〕

商那和修又名舍那婆斯，姓毗舍多，摩突羅國人，傳說在胎六年而生。「九枝秀草自然衣」是說商那和修出生時有「瑞草斯應」，「梵語商諾迦，此云自然服，即西域九枝秀草名也。若聖人降生，則此草出生於淨潔之地。和修生時，瑞草斯應」。〔註21〕「昔日世尊曾記我」指世尊預言商那和修將「妙轉法輪」，「昔日如來行化至摩突羅國，見一青林，枝葉茂盛，語阿難曰：『此林地名優留荼，吾滅度後一百年，有比丘商那和修，於此妙轉法輪』」。〔註22〕「火龍始信慈悲大」是說商那和修在優留荼降伏兩條火龍的故事，「及止此林，降二火龍，歸順佛教。龍因施其地，以建梵宮」。〔註23〕「神力還因懈慢施」指商那和修因弟子優波毱（按：楚石為西天第四祖所寫詩讚中「毱」作「鞠」）多及其五百徒弟「常多懈怠」而調教的故事，「（商那和修）後於三昧中，見弟子毱多有五百眾，常多懈慢。尊者乃往彼，現龍奮迅三昧以調服之」。〔註24〕「畢竟無心

〔註20〕（元）梵琦著，于德隆點校：《楚石梵琦全集》，北京：九州出版社，2017年，第207頁。

〔註21〕（宋）普濟著，蘇淵雷點校：《五燈會元》，北京：中華書局，1984年，第13頁。

〔註22〕（宋）普濟著，蘇淵雷點校：《五燈會元》，北京：中華書局，1984年，第13頁。

〔註23〕（宋）普濟著，蘇淵雷點校：《五燈會元》，北京：中華書局，1984年，第13頁。

〔註24〕（宋）普濟著，蘇淵雷點校：《五燈會元》，北京：中華書局，1984年，第14頁。

又無法」則出自商那和修傳法偈，其偈曰：「非法亦非心，無心亦無法。說是心法時，是法非心法。」〔註25〕「何妨弟子去求師」是楚石梵琦闡述「歇卻馳求心」「明心見性」的禪宗修道觀。

　　楚石梵琦的《第四祖優波鞠多讚》寫道「性十七耶年十七，時人到此盡沉吟。眼前故是難開口，發白由來不屬心。丈室盈籌多士至，三尸脫頂眾魔欽。吾徒往往如劍亡，但向船舷刻處尋」。〔註26〕《五燈會元》在撰寫祖師事蹟時使用互見法，楚石梵琦為優波鞠多所寫詩讚的前四句內容出現在商那和修的生平記錄中。《五燈會元・三祖商那和修尊者》載「（商那和修）因問毱多曰：『汝年幾邪？』答曰：『我年十七。』者曰：『汝身十七，性十七邪？』答曰：『師髮已白，為髮白邪？心白邪？』者曰：『我但髮白，非心白耳。』毱多曰：『我身十七，非性十七也。』尊者知是法器」。〔註27〕「丈室盈籌多士至」言優波鞠多化導眾生人數之多，「尊者化導，證果最多。每度一人，以一籌置於石室。其室縱十八肘，廣十二肘，充滿其間」。〔註28〕「三尸脫頂眾魔欽」所指為優波毱多降伏波旬的精彩故事，「（優波毱多）隨方行化，至摩突羅國，得度者甚眾。由是魔宮震動，波旬愁怖，遂竭其魔力，以害正法。尊者即入三昧，觀其所由。波旬復伺便，密持瓔珞縻之於頸。及尊者出定，乃取人、狗、蛇三尸，化為華鬘，冰言慰諭波旬曰：『汝與我瓔珞，甚是珍妙。吾有華鬘，以相酬奉。』波旬大喜，引頸受之，即變為三種臭屍，蟲蛆壞爛。波旬厭惡，大生憂惱。盡己神力，不能移動。乃升六欲天，告諸天王。又詣梵王，求其解免。彼各告言：『十力弟子，所作神變，我輩凡陋，何能去之？』波旬曰：『然則奈何？』梵王曰：『汝可歸心尊者，即能除斷。』乃為說偈……波旬受教已，即下天宮，禮尊者足，哀露懺悔。……魔王合掌三唱，華鬘悉除。」〔註29〕詩的後兩句是楚石梵琦感歎當時禪林中人不能體悟心性，法執我執塞於胸中，如同

〔註25〕（宋）普濟著，蘇淵雷點校：《五燈會元》，北京：中華書局，1984年，第14頁。

〔註26〕（元）梵琦著，于德隆點校：《楚石梵琦全集》，北京：九州出版社，2017年，第208頁。

〔註27〕（宋）普濟著，蘇淵雷點校：《五燈會元》，北京：中華書局，1984年，第14頁。

〔註28〕（宋）普濟著，蘇淵雷點校：《五燈會元》，北京：中華書局，1984年，第15頁。

〔註29〕（宋）普濟著，蘇淵雷點校：《五燈會元》，北京：中華書局，1984年，第14～15頁。

刻舟求劍人一般可笑可悲。

　　楚石梵琦為第十祖脅尊者寫的詩讚為「六十年中處母胎，待他白象送珠來。中天竺有難生號，優缽花從此地開。不夜祥光流日月，無眠寶席委塵埃。重茵更著高高枕，後世禪流可歎哉」。〔註30〕脅尊者為中印度人，父名香蓋。脅尊者處胎六十年，故號難生，其將誕生之際，其父夢見一白象，象之寶座有明珠一顆，光耀非常，此時脅尊者出生。難生執侍九祖伏馱密多左右，脅不至席，故稱脅尊者。〔註31〕楚石梵琦為脅尊者撰寫的詩讚詳細生動地記錄了脅尊者名號的由來與出生時的種種靈異，並且楚石梵琦詩讚的最後兩句中對元代禪林中禪僧坐高廣床等持戒不嚴的現象進行呵責。南唐招慶淨修為脅尊者寫的讚與楚石之作相較則十分簡略，風格偏於典雅莊重，招慶淨修讚云「脅大尊者，愛憎網捲。量等虛空，道唯蕭灑。真體自然，因真書寫。約世蒼茫，奔騰意馬」。〔註32〕

　　菩提達磨為禪宗的東土初祖，在禪宗的精神譜系中地位極為重要。楚石梵琦對菩提達磨的傳奇生平與功業進行了極富宗教熱情的讚頌。經統計，楚石梵琦共為菩提達磨作讚十首之多，述讚、畫讚皆有。菩提達磨的名字、出生地、禪法皆為不解之謎。菩提達磨的名字應為菩提達摩，「神會引《禪經序》來證明菩提達摩的傳承，如《神會和尚遺集》所說，神會是以《禪經序》的達摩多羅為菩提達摩的。因為這樣，在傳說中，或稱為菩提達摩，或稱為達摩多羅。……菩提達摩與達摩多羅，被傳說為同一人。達摩多羅或譯為達磨多羅，菩提達摩也就被寫為菩提達磨了」「達摩而改寫為達磨，可以說是以新譯來改正舊譯。然從傳寫的變化看，表示了南方禪的興盛，勝過了北方，南方傳說的成為禪門定論」。〔註33〕菩提達摩的故鄉《洛陽伽藍記》記錄為波斯，《續高僧傳》記為南天竺，釋印順認為其故鄉應為南天竺。〔註34〕湯用彤先生在其《漢魏兩晉南北朝佛教史》中認為達摩屬於南天竺一乘宗，其思想側重般若法性

〔註30〕　（元）梵琦著，于德隆點校：《楚石梵琦全集》，北京：九州出版社，2017年，第209頁。

〔註31〕　（宋）普濟著，蘇淵雷點校：《五燈會元》，北京：中華書局，1984年，第19頁。

〔註32〕　（南唐）靜、筠二禪師編撰，孫昌武、（日）衣川賢次、西口芳男點校：《祖堂集》，北京：中華書局，2007年，第48頁。

〔註33〕　釋印順著：《中國禪宗史》，北京：中華書局，2010年，第2頁。

〔註34〕　釋印順著：《中國禪宗史》，北京：中華書局，2010年，第3頁。

義，但湯氏在 1939 年給胡適的信中又認為達摩學說屬於印度某一派。〔註35〕
韋格從印度學視角解讀達摩，他在其《中國宗教信仰和哲學觀念的歷史》中認
為達摩的禪為印度吠檀多主義（Vedantism）的支流，多爾與博納等西方多數學
者認同此種觀點。〔註36〕「關於歷史上真實的達摩已經難究其祥，正如有學者
（按：龔氏指關口真大及其著作《達摩大師的研究》）說，歷史文本有關達摩
的記錄，多只是表示了 7、8 世紀以後禪者的『理想』和關於禪的理解的『符
號』」。〔註37〕

　　作為元代禪師的楚石梵琦詩讚中的菩提達磨自然不會是菩提達摩，在其
禪史觀念中，經過歷史層累作用的達磨更為真實。楚石梵琦《第二十九祖菩提
達磨讚》寫道：

　　　　一言盡破六宗迷，在國還除異見非。漢土初來空聖諦，梁王不
　　免挫天威。度僧造寺難論德，斷臂安心未入微。留得少林花木在，
　　翩翩只履自西歸。〔註38〕

楚石梵琦在此詩讚中勾勒出了菩提達磨的生平行履並且昭述其勳德。詩讚中
「一言盡破六宗迷」是指菩提達磨破除其同學佛陀跋陀門下分出的有相宗、無
相宗、定慧宗、戒行宗、無得宗、寂靜宗的觀點。「在國還除異見非」句意指
菩提達磨與無相宗二首領宗勝、波羅提教化異見王的故事。「漢土初來空聖諦，
梁王不免挫天威」聯是說梁武帝與菩提達磨討論聖諦第一義的問題，「帝又問：
『如何是聖諦第一義？』祖曰：『廓然無聖。』帝曰：『對朕者誰？』祖曰：『不
識。』帝不悟。」〔註39〕「度僧造寺難論德」言武帝與菩提達磨探討如何為功
德，「帝問曰：『朕即位已來，造寺寫經，度僧不可勝紀，有何功德？』祖曰：
『並無功德。』帝曰：『何以無功德？』祖曰：『此但人天小果，有漏之因，如
影隨形，雖有非實。』帝曰：『如何是真功德？』祖曰：『淨智妙圓，體自空寂，

〔註35〕 龔雋著：《禪史鉤沉：以問題為中心的思想史論述》，北京：生活·讀書·新知
　　　　三聯書店，2006 年，第 50～51 頁。

〔註36〕 龔雋著：《禪史鉤沉：以問題為中心的思想史論述》，北京：生活·讀書·新知
　　　　三聯書店，2006 年，第 51～52 頁。

〔註37〕 龔雋著：《禪史鉤沉：以問題為中心的思想史論述》，北京：生活·讀書·新知
　　　　三聯書店，2006 年，第 194 頁。

〔註38〕 （元）梵琦著，于德隆點校：《楚石梵琦全集》，北京：九州出版社，2017 年，
　　　　第 213 頁。

〔註39〕 （宋）普濟著，蘇淵雷點校：《五燈會元》，北京：中華書局，1984 年，第 43
　　　　頁。

如是功德，不以世求。』」〔註40〕「斷臂安心」指慧可斷臂求法於達磨，達磨
為慧可安心的故事。「留得少林花木在」應指菩提達磨培養出了慧可與道育兩
位傑出弟子。「翩翩只履自西歸」是說菩提達磨已經中毒身亡葬於熊耳山，但
宋雲出使西域返程中於蔥嶺遇到達磨手攜只履的傳說。〔註41〕

　　楚石梵琦在《達磨大師讚》其一中也敘述達磨的行跡，讚中寫道「初辯寶
珠，半文不值。次破六宗，全無旨的。離南印來，入震旦國，再對梁王，還云
不識。一住少林，九年面壁。堪笑神光，分明是賊。及乎安心，覓心不得。看
他什麼奇特，未免許多狼藉。蔥嶺那邊逢宋雲，破履至今遺一隻」。〔註42〕與
前一首讚不同，在此讚中楚石梵琦竟稱達磨與般若多羅辯寶珠為「半文不值」，
破除「六宗」毫無意義，甚至為慧可安心「未免許多狼藉」，將祖師的遺物稱
為「破履」。在《達磨大師讚》其三中楚石寫道「誰云打落當門齒，椎殺深深
掘窖埋。自是梁王不唧（口留），放他走入魏朝來」。〔註43〕楚石梵琦在讚中認
為像大慧宗杲、或庵師體等人所言達磨被人打落當門齒是意猶未盡的〔註44〕，
應將達磨殺死埋在窖裏，甚至認為梁王不夠英明，竟放他一條生路。在《達磨
大師讚》其六中楚石大膽地將達磨等西天二十八祖稱為驢，「西天二十八頭驢，
踏碎支那獨有渠」〔註45〕楚石梵琦如此大膽地調侃、呵罵祖師意欲何為？據實
而論，楚石禪師的一番苦心在於通過使用修辭手法中的「貶低策略」〔註46〕減

〔註40〕 （宋）普濟著，蘇淵雷點校：《五燈會元》，北京：中華書局，1984 年，第 43
頁。

〔註41〕 （宋）普濟著，蘇淵雷點校：《五燈會元》，北京：中華書局，1984 年，第 46
頁。

〔註42〕 （元）梵琦著，于德隆點校：《楚石梵琦全集》，北京：九州出版社，2017 年，
第 229 頁。

〔註43〕 （元）梵琦著，于德隆點校：《楚石梵琦全集》，北京：九州出版社，2017 年，
第 229 頁。

〔註44〕 大慧宗杲曾寫道「竺乾不容住，懷懼涉流沙。打落當門齒，猶言五葉花」。《卍
續藏經》（第 121 冊），第 98 頁。關於達磨「當門齒落」的問題可參閱祁偉著：
《禪宗寫作傳統研究》，北京：中華書局，2021 年，第 197～199 頁。

〔註45〕 （元）梵琦著，于德隆點校：《楚石梵琦全集》，北京：九州出版社，2017 年，
第 230 頁。

〔註46〕 「伯納德·福爾借用皮埃爾·布爾迪厄的觀點稱這種修辭手法為『貶低策略』：
『使用這種策略，大師在等級中的地位得確保他可以否定那個等級，並因此
可以提高該等級及其象徵性否定的利益』（福爾 1991：20）」。T.格里菲斯·福
科、羅伯特·H.沙夫，夏志前譯：《論中世紀中國禪師肖像的儀式功能》，吳言
生主編：《中國禪學》（第五卷），北京：中國社會科學出版社，2011 年，第 296
頁。

輕禪宗燈錄對禪僧的束縛,讓禪林學僧解放自己,明心見性。

宋元時期禪宗繪畫風行於世,主要包括禪宗人物畫與墨戲(如《墨蘭》《墨梅》等),在禪宗繪畫創作中也湧現出像梁楷、因陀羅等著名禪宗繪畫大家,為歷代祖師或當代大德邈真畫像蔚然成風。〔註47〕李充有言「容象圖而讚立(《翰林論》)」〔註48〕,蕭統在《文選‧序》中亦言「圖像則讚興」。〔註49〕因此之故,宋元禪畫詩讚大量出現在禪師語錄中。因楚石梵琦在禪學與書法方面均有造詣,所以有不少中日僧人慕名攜帶禪畫請其題寫詩讚。達磨作為禪宗初祖自然是楚石禪師畫讚的重要書寫對象,如其《因陀羅所畫十六祖,聞上人請讚》之《初祖》「易掩當門齒,難藏蓋膽毛。神光三拜後,熊耳一峰高」〔註50〕,又如《日本淵墨庵畫二十二祖請讚》之《初祖》云:「三周寒暑泛重溟,撞著蕭家有髮僧。對朕者誰云不識,為誰辛苦到金陵。」〔註51〕由此可見,楚石禪師亦推動禪宗文化在日本的傳播。

據胡適梳理,在唐代禪宗印度諸祖共有5種說法,胡適指出「師子—婆舍斯多—不如蜜多—般若多羅—菩提達磨」之間的傳承是「此說全無根據,全出於捏造」(《禪宗史草稿》)。〔註52〕胡氏認為二十八祖說是神會造作的(胡適《禪宗的印度二十八祖考》)。〔註53〕從胡適的研究中我們可以知道,禪宗燈錄中關於西天二十八祖的事蹟大多是不可信的,楚石梵琦在詩讚中歌頌的西天二十八祖行跡與功德也不是歷史真實,但我們不能忽略禪宗燈錄文本的宗教屬性。如何對待禪宗燈錄中類似於西方宗教傳統中聖徒傳的「僧侶的想像(monastic imagination)」〔註54〕呢?龔雋給出了建議,「我們對中國佛教歷史上僧傳進行分析,就必須考慮其作為宗教文本所特有的敘述性質,敘述並不是

〔註47〕關於宋元禪宗繪畫可參閱嚴雅美:《試論宋元禪宗繪畫》,《中華佛學研究》,2000年第4期,第207~260頁。

〔註48〕嚴可均校輯:《全晉文》,北京:中華書局,1958年,第1767頁。

〔註49〕(梁)蕭統編,(唐)李善注:《文選》,上海:上海古籍出版社,1986年,第2頁。

〔註50〕(元)梵琦著,于德隆點校:《楚石梵琦全集》,北京:九州出版社,2017年,第230頁。

〔註51〕(元)梵琦著,于德隆點校:《楚石梵琦全集》,北京:九州出版社,2017年,第235頁。

〔註52〕胡適著:《禪宗是什麼》,桂林:漓江出版社,2013年,第8頁。

〔註53〕胡適著:《禪宗是什麼》,桂林:漓江出版社,2013年,第82~91頁。

〔註54〕龔雋著:《禪史鉤沉:以問題為中心的思想史論述》,北京:生活‧讀書‧新知三聯書店,2006年,第335~336頁。

外在於文本的一種形式，而根本就內在於文本故事的結構和書寫之中。如果放棄敘事的方式而單就文本史來作考究的話，對僧傳這一類帶有宗教性和文學性的作品來說，可能是非常不充分的」〔註55〕從龔氏提供的關於僧傳的解讀進路，我們以上對楚石梵琦為西天祖師們所撰寫詩讚的詩意還原闡釋的方式是最基本的。那麼自唐代以下歷代禪僧們構建、頌讚西天二十八祖的意圖又是什麼呢？陳寅恪在《論韓愈》中一語中的，陳先生說「華夏學術最重傳授淵源，蓋非此不足以徵信於人……至唐代之新禪宗，特表教外別傳之旨，以自矜異，故尤不得不建立一新道統，證明其淵源之所從來，以壓倒同時代之舊學派，此點關係吾國之佛教史，人所共知……」。〔註56〕由此可知，楚石梵琦不遺餘力地讚頌西天二十八祖的宗教詩歌創作目的便在於鞏固與宣揚禪宗道統，從而弘揚像教。

二、讚頌聖者威儀

楚石梵琦在為歷代祖師撰寫詩讚外，還為觀音大士、十六羅漢、禪門散聖作讚。楚石梵琦曾為《正坐》《補陀示現》《水月善財》《蓮舟》《天人水月》《珠瓶寶座》《有僧作禮》《海岸花岩》等多幅觀音圖題寫詩讚。楚石的《觀音大士讚》之《海岸花岩》寫地繪聲繪色，詩讚寫道「遙瞻布怛洛伽山，小白花開正可攀。拍岸潮聲時浩浩，穿林鳥語日關關。普門一品長宣誦，薄福眾生當等閒。只個聞思修不昧，經行坐臥見慈顏」。〔註57〕另外值得注意的是，水月觀音與善財童子、天人出現在同一圖畫中，而于君方在其著作《觀音：菩薩中國化的演變》之「水月觀音」部分的論述中並未出現此種水月觀音造型。〔註58〕由此可見，楚石的詩讚能為水月觀音相關的研究提供新材料。

楚石梵琦之師元叟行端曾寫有《題羅漢圖》《題過水羅漢圖》，橫川行珙寫有《禪月大師畫羅漢像》，月江正印寫有《羅漢》……由此可知，在元代禪林中羅漢文化相當流行。釋行端的《題羅漢圖》中表達了禪僧對羅漢的認知及評價，其中寫道「梵語阿羅漢，此云應真。一應斷煩惱障，二應不受後有身，三

〔註55〕龔雋著：《禪史鈎沉：以問題為中心的思想史論述》，北京：生活·讀書·新知三聯書店，2006 年，第 336～337 頁。
〔註56〕陳寅恪著：《金明館叢稿初編》，上海：上海古籍出版社，2020 年，第 323 頁。
〔註57〕（元）梵琦著，于德隆點校：《楚石梵琦全集》，北京：九州出版社，2017 年，第 216 頁。
〔註58〕于君方著，陳懷宇等譯：《觀音：菩薩中國化的演變》，北京：商務印書館，2012 年，第 239～252 頁。

應受人天供養。證此聖果，以曠大劫為壽命，隨意或延或促，飛行水陸，震動天地，皆遊戲餘事。惟其沉空滯寂，只知自了，不顧度生，迦文老人所以深所訶責。唐宋諸賢，想其儀軌，寄之筆端如幻三昧，使流俗知所跂慕。今妄一男子，隨例輒恣毀斥，拘墟而藐海，坐井而小天，可笑不自量也」。〔註59〕在元叟行端看來羅漢雖為「自了漢」，但羅漢們畢竟證得聖果，足為個人跂慕之聖賢，如楚石《題十六羅漢畫卷》寫道「此阿羅漢，唯佛一人能訶責之，令其進修不已而圓佛果。餘小眾生不宜輕忽，但當恭敬，供養求福，世出世間而為津梁」。〔註60〕

在元代濃厚的羅漢文化氛圍中，楚石梵琦為西瞿耶尼洲賓度羅跋羅墮闍尊者、迦濕彌羅國迦諾迦伐蹉迦尊者、東勝身洲迦諾迦跋釐墮闍尊者等十六大阿羅漢分別撰寫了詩讚（按：十六羅漢說出自大阿羅漢難提蜜多羅說，玄奘譯的《法住記》〔註61〕）楚石梵琦為第二位尊者迦諾迦伐蹉迦所寫的詩讚為「迦濕彌羅大士居，岩間樹下更清虛。時來利物先忘我，食取資身不願余。聽法青龍安鉢內，銜花白鹿走階除。長宵皓月光如洗，坐聽沙彌讀梵書」〔註62〕，楚石在詩中想像尊者在岩間樹下艱苦梵行、接物利生。同時，在迦諾迦伐蹉迦宣講佛法時有青龍、白鹿感應。不可忽視的是，為尊者撰寫頌讚是淵源有自的，敦煌寫卷 P.3504v 存有《五洲五尊者頌》（按：李小榮先生擬題），此寫卷韻散相間，散文部分簡介西瞿陀尼洲第一尊者賓度羅跋羅、迦濕彌羅國第二尊者迦諾迦等，詩歌部分頌揚五尊者，詩為七言八句體。〔註63〕

以蕭灑瘋癲為特質的禪門散聖亦為楚石梵琦讚歎的重要對象，據戚昊「宋代禪門載錄的『散聖』一覽表」〔註64〕檢尋楚石為散聖維摩詰、布袋和尚、智者大師（智顗）、寒山、拾得、寶誌、船子共寫詩讚十九首。楚石禪

〔註59〕《卍續藏經》（第 124 冊），第 67 頁。

〔註60〕（元）梵琦著，于德隆點校：《楚石梵琦全集》，北京：九州出版社，2017 年，第 337 頁。

〔註61〕關於十六羅漢說與羅漢圖的研究可參閱余宥嫻：《神通自在話羅漢——明以前羅漢圖像之發展源流研究》，《新異象論壇 N° 10B 藝術論文集》，2012 年 12 月 25 日，第 25～37 頁。

〔註62〕（元）梵琦著，于德隆點校：《楚石梵琦全集》，北京：九州出版社，2017 年，第 224 頁。

〔註63〕李小榮著：《敦煌佛教音樂文學研究》，福州：福建人民出版社，2007 年，第 398 頁。

〔註64〕戚昊：《散聖：兩宋禪門製造的邊緣聖徒》，《浙江學刊》，2022 年第 2 期，第 171 頁。

師曾在因陀羅繪製的《禪機圖》上分別為布袋和尚、寒拾寫作詩讚。楚石《因陀羅繪〈禪機圖〉讚六首》之《〈布袋圖〉讚》寫道「花街鬧市恣經過，喚作慈尊又是魔。背上忽然揩隻眼，幾乎驚殺蔣摩訶」〔註64〕，詩讚歌頌了隨意出入「花街鬧市」而能體悟「只個心心心是佛，十方世界最靈物（《五燈會元・明州布袋和尚》）」〔註66〕的「長汀子」指點蔣宗霸的故事。據于德隆介紹保存楚石真蹟的這幅《布袋圖》現藏於日本根津美術館。〔註67〕楚石大師十分喜愛布袋和尚，他另外寫有《布袋讚》三首，不僅如此，楚石甚至在上堂說法時還吟詠布袋的偈頌，「上堂：『彌勒真彌勒，分身百千億，時時示時人，時人自不識』（按：此偈傳為布袋臨終偈）」。〔註68〕楚石鍾愛布袋的原因在於對其處處為道場、超越凡聖精神的欽佩，如其《施主看〈楞嚴〉上堂》說「處處無非佛事，頭頭總是道場。酒肆淫坊了無罣礙，龍宮虎穴任便經過。亦可入魔，亦可入佛。然後佛魔俱遣，凡聖不存。不取涅槃，不居生死，道我大事了畢」。〔註69〕楚石為因陀羅《寒山拾得圖》寫詩讚為「寒山拾得兩頭陀，或賦新詩或唱歌。試問豐干何處去，無言無語笑呵呵」。〔註70〕此幅題寫楚石詩讚的《寒山拾得圖》現存於東京國立博物館，已引起不少學者的研究興趣。〔註71〕

　　楚石梵琦分別以佛、菩薩、歷代祖師、十六羅漢、禪門散聖等為對象撰寫了數量眾多的詩讚作品，或通過「昭述功德」以鞏固禪宗道統，或跂慕羅漢以

〔註65〕　（元）梵琦著，于德隆點校：《楚石梵琦全集》，北京：九州出版社，2017年，第699～700頁。

〔註66〕　（宋）普濟著，蘇淵雷點校：《五燈會元》，北京：中華書局，1984年，第121～122頁。

〔註67〕　（元）梵琦著，于德隆點校：《楚石梵琦全集》，北京：九州出版社，2017年，第699頁。

〔註68〕　（元）梵琦著，于德隆點校：《楚石梵琦全集》，北京：九州出版社，2017年，第12頁。

〔註69〕　（元）梵琦著，于德隆點校：《楚石梵琦全集》，北京：九州出版社，2017年，第58頁。

〔註70〕　（元）梵琦著，于德隆點校：《楚石梵琦全集》，北京：九州出版社，2017年，第700頁。

〔註71〕　崔小敬師在其著作《寒山：一種文化現象的探尋》之「寒山繪畫述評」中收錄此畫。崔小敬著：《寒山：一種文化現象的探尋》，北京：中國社會科學出版社，2010年，第160頁。黃敬家在其著作《寒山詩在宋元禪林的傳播研究》的附錄中亦收錄此畫。黃敬家著：《寒山詩在宋元禪林的傳播研究》，臺北：臺灣學生，2016年，第255頁。

勉勵修行，又或是輔助圖像以表述修道論……通過楚石梵琦的詩讚作品可以管窺元代禪林文化，亦能抉發楚石梵琦個人詩讚的創作內涵，還能瞭解楚石禪師的禪林地位。〔註72〕

第二節　吟詠參方禮祖與門庭設施的偈頌

　　與詩讚相同，偈頌也是楚石語錄的重要組成。據《佛日普照慧辯楚石禪師語錄》可知現存楚石偈頌約四百八十首左右，數量頗多，內容豐富，主要包括送禪客前往江西、天台等地巡禮雲遊，也有對禪門要訣「四料簡」「十智同真」等的歌詠。此外，不可忽視的是楚石梵琦同日本、高麗數十位外國僧侶結下深厚情誼並為他們撰寫了不少偈頌。

　　偈頌是指佛教「十二分教」中的祇夜與伽陀。祇夜在佛經中以韻文重複長行的內容，又稱重頌、應頌。伽陀是單獨宣講佛理的韻文，又稱諷頌、孤起頌。〔註73〕佛教偈頌自身具有文學性，在翻譯時其詩性得到強化。佛經翻譯時偈頌受到中國詩歌的影響，「佛偈是源出於印度的外來事物，經過翻譯這道程序又具備了某些與中國詩歌近似的特點」。〔註74〕中國在東晉及以後出現了不少如支遁等能詩僧侶，「他們的創作也直接受到佛典的影響，其中包括寫作大量偈頌體詩」。〔註75〕在唐代詩歌蔚然成風的影響下，中國僧侶創作的偈頌與詩歌間的界限逐漸模糊，如詩僧拾得在其《我詩也是詩》中言：「我詩也是詩，有人喚作偈。詩偈總一般，讀時須仔細。緩緩細披尋，不得生容易。依此學修行，大有可笑事。」〔註76〕需要注意的是，楚石語錄中的偈頌有特殊的語言場，即大多產生於佛教教學語境中。在此側重考察其文學性，故將楚石梵琦創作的偈頌視為詩歌進行探討。

〔註72〕劉學軍教授在其新著中將西漢至魏晉讚分為「像讚」「人物讚」「傳讚」三類，論述縝密，勝義紛呈，是讚體文學（佛教讚體文學）研究的重要成果。詳見《張力與典範：慧皎〈高僧傳〉書寫研究》，北京：商務印書館，2022 年，第 59～129 頁。

〔註73〕孫昌武著：《佛教與中國文學》，北京：中華書局，2019 年，第 249 頁。

〔註74〕陳允吉著：《中古七言詩體的發展與佛偈翻譯》，《佛教中國文學論稿》，上海：上海古籍出版社，2010 年，第 107 頁。

〔註75〕孫昌武著：《佛教與中國文學》，北京：中華書局，2019 年，第 250 頁。

〔註76〕（唐）寒山著，項楚注：《寒山詩注》，北京：中華書局，2000 年，第 844 頁。

一、遍及中外的送行創作

　　楚石梵琦書寫了大量關於送別禪僧參方禮祖為主題的偈頌，從中可以發現禪僧參方行腳的地方主要為江西、天台。經統計，楚石梵琦為送別僧人前往江西禮祖而創作的偈頌共有十六首。江西是中國佛教文化重要的場域，周裕鍇先生曾對江西的禪宗文化曾有如下論述：「其實，早在幾百年前，江西已是叢林遍布、佛法隆盛了。唐、宋兩代，江西出了不少禪門大德，著名的如吉安青原山的行思、洪州開元寺的馬祖道一、洪州百丈山的懷海、洪州黃檗山的希運、洪州洞山的良價、撫州曹山的本寂、袁州仰山的慧寂、洪州黃龍山的慧南、袁州楊岐山的方會等等，南禪的五宗七家，有四宗（家？）創立於江西，其餘三宗和江西也有密切聯繫。」〔註77〕由此可知，楚石梵琦送禪客前往江西行腳是與該地濃厚的禪文化息息相關。

　　楚石梵琦在送別學僧禮祖江西的偈頌中，多次提到的人物是洪州宗祖師馬祖道一，屢屢書寫的聖地為廬山。楚石梵琦特別關注馬祖，曾以馬祖為書寫對象作畫讚二首，如其《日本淵默庵畫二十二祖請讚》之《馬祖》寫道「即心即佛口喃喃，非心非佛轉不堪。八十四人門戶別，何曾一個是同參」。〔註78〕楚石梵琦在為學僧前往江西禮祖所寫偈頌中頻頻書寫馬祖，如以下詩句：

　　　　君不見，馬祖坐禪圖作佛，奈何無事尋窠窟。（《送印侍者遊南嶽》）〔註79〕

　　　　馬祖自從胡亂後，分明對眾揚家醜。（《送玄禪人之江西》）〔註80〕

　　　　馬駒踏殺人無數，只有歸宗眼似眉。（《送福知客之江西》）〔註81〕

楚石梵琦在第一例中以馬祖道一曾妄想坐禪成佛的事蹟告誡印侍者行住坐臥皆能修行，不必拘泥於形式；第二例是使用「貶低策略」向玄禪人闡述禪法直接呈現，應該心心相印；第三例是說馬祖道一培養出的被稱為「赤眼歸宗」的

〔註77〕周裕鍇著：《中國禪宗與詩歌》，上海：上海人民出版社，1992年，第88頁。
〔註78〕（元）梵琦著，于德隆點校：《楚石梵琦全集》，北京：九州出版社，2017年，第236頁。
〔註79〕（元）梵琦著，于德隆點校：《楚石梵琦全集》，北京：九州出版社，2017年，第274頁。
〔註80〕（元）梵琦著，于德隆點校：《楚石梵琦全集》，北京：九州出版社，2017年，第275頁。
〔註81〕（元）梵琦著，于德隆點校：《楚石梵琦全集》，北京：九州出版社，2017年，第327頁。

歸宗智常禪師禪學修養精深。

楚石梵琦在為「近離浙右，遠屆江西（《送清禪人之九江》）」〔註82〕的禪客撰寫偈頌時經常提及廬山、仰山等江西佛教名山。楚石在《送日本建長佐侍者之廬山》中使用擬人手法，使其筆端的山水充滿生機，如「五老同時笑展眉，瀑布不溜青山走」。〔註83〕在《送僧之廬山》中楚石甚至借「廬山面目」開示學僧，如「廬山面目分明露，衲子身心特地迷」。〔註84〕在楚石梵琦寫廬山的偈頌中，將充滿禪意的廬山最精彩地呈現的必為《送淨慈顏藏主遊廬山》，該詩偈寫道：

> 拈起一片木葉，移來一座廬山。古人真實相為，且免區區往還。
> 著草鞋，拖拄杖，遊州獵縣，極意妄想。若是出格道流，必然別有
> 伎倆。恁麼中不恁麼，擊木無聲。不恁麼中卻恁麼，敲空作響。欲
> 知廬山高，更聽廬山謠。百億贍部洲，都盧入秋毫。東西二林在山
> 北，自古遠公標勝蹟。結社同修十八人，臨終盡向蓮花國。南則歸
> 宗、開先、萬杉、棲賢、羅漢、慧日，六剎相連。五老峰，明月泉。
> 香爐獅子，金輪玉淵。遙瞻瀑布不可近，迸雪崩雷崖石穿。千樹萬
> 樹青松交加屈曲，一個兩個白鶴鼓舞蹁躚。滿地祥花美草，隨時瑞
> 靄祥煙。何消尊宿開口，但管森羅說禪。不是長行短偈，亦非直指
> 單傳。革五宗之舊轍，掃諸祖之頹傳。針眼魚吞大千界，扶桑人種
> 陝西田。〔註85〕

該詩使用三言、四言、五言、六言、七言、九言，語言靈活多變，「以文為詩」；「拈起一片木葉，移來一座廬山」「針眼魚吞大千界，扶桑人種陝西田」想像奇特；「遙瞻瀑布不可近，迸雪崩雷崖石穿」聲色俱全。

天台山不僅是具有深厚佛教文化底蘊的名山，還是中國佛教文學中天台宗文學產生的重要場所。據丁錫賢、朱封鼇《天台山佛教文學述評》可知，由

〔註82〕（元）梵琦著，于德隆點校：《楚石梵琦全集》，北京：九州出版社，2017年，第254頁。

〔註83〕（元）梵琦著，于德隆點校：《楚石梵琦全集》，北京：九州出版社，2017年，第278頁。

〔註84〕（元）梵琦著，于德隆點校：《楚石梵琦全集》，北京：九州出版社，2017年，第306頁。

〔註85〕（元）梵琦著，于德隆點校：《楚石梵琦全集》，北京：九州出版社，2017年，第276頁。

唐至清，天台僧人（如智顗、湛然等）、居士（如孫綽、柳宗元等）創作詩歌
五千多首，文章一千多篇。〔註 86〕陳隋之際，我國最早的佛教宗派天台宗創
立，國清寺作為天台宗祖庭影響力巨大，天台地區自然佛教興盛、高僧輩出。
唐代，豐干、寒山、拾得被稱為「天台三聖」，成為天台山文化的重要內容，
對後世禪林具有極大吸引力。宋元時期，禪林中已形成了雲遊天台的傳統。

　　楚石梵琦對天台山佛教文化相當熟悉，他寫有《智者大師讚》「眉分八彩，
目曜重瞳。法本無得，辯有何窮。太虛絕兆，赫日方中。銀地佛窟，玉泉神功。
總持秉戒，灌頂承風。禪河香象，教海大龍。瞻之仰之，極天高而地厚。名也
實也，非鼠唧而鳥空。夫是之謂祖龍樹，宗北齊，師南嶽，靈慧禪師之幻容」，
〔註 87〕在詩讚中將智者大師及其弟子譽為佛門龍象，仰慕之情溢於言表。楚石
梵琦又曾為天台山善興寺方丈撰寫《娑羅軒記》，文中寫道「抱道懷德者宜居
山，山居有助於道德。若夫雜花生樹，敷其慧也；眾綠垂蔭，適其定也；繁霜
熟果，圓其行也；積雪連嶺，資其證也」，楚石認為天台山的四季變換皆與佛
教修行的慧、定、行、證相契合；「雲之英英，泉之泠泠（泠泠？）；百鳥晝啼，
孤猿夜鳴。滿眼非色，滿耳非聲，此山居四時無窮之樂也」，天台山中的山色
水聲對於修道者言可以體悟法身遍在；……「至元至正八年，歲次戊子，妙明
真覺禪師無見和尚，隱於天台華頂峰，智者禪師之故地，大寂國師又中興焉。
日居月諸，鞠為茂草。及和尚戾至，檀施填門，未逾數年，追復舊觀，咸謂非
大寂再來不能也。按天台華頂，上應三臺華蓋。其山秀出，八重如一。高一萬
八千丈，周環八百里。最高頂則『望海尖』。草木薰郁，殆非人世。孫綽所賦
『陟降信宿，迄乎仙都』」〔註 88〕，由此可見，楚石對無見和尚振興宗風給予
高度的肯定。

　　綜而論之，楚石梵琦對於天台佛教文化的接受值得注意。經統計，楚石梵
琦為別送僧人前往天台而寫的偈頌共有十三首。楚石創作出關涉天台的偈頌
中，天台山風光便被籠於形內，挫於筆端（陸機《文賦並序》）〔註 89〕，如「滑

〔註 86〕丁錫賢、朱封鰲：《天台山佛教文學述評》，《東南文化》，1990 年第 6 期，第
　　　　89～100 頁。

〔註 87〕（元）梵琦著，于德隆點校：《楚石梵琦全集》，北京：九州出版社，2017 年，
　　　　第 229 頁。

〔註 88〕（元）梵琦著，于德隆點校：《楚石梵琦全集》，北京：九州出版社，2017 年，
　　　　第 694～695 頁。

〔註 89〕（梁）蕭統編，（唐）李善注：《文選》（第 2 冊），上海：上海古籍出版社，
　　　　1986 年，第 764 頁。

石橋，難措足，下有龍蟠無底谷。多少遊人不敢窺，懸崖日夜飛銀瀑。舉頭更望華頂雲，千里萬里長相逐（《送伊藏主遊四明天台》）」「華頂遊了國清去，名藍正在幽深處。豐干寒拾面目真，屈曲寒藤上高樹。款款行入芙蓉村，奇峰峭壁雲吞吐。靈巖左右十八寺，寺寺皆有山當門。詎那終日抱膝坐，仰觀瀑布從空墮（《送諸侍者遊天台雁蕩》）」。〔註90〕

同時，楚石梵琦在其關涉天台的十三首偈頌中天台三聖出現六次。羅列如下，「昔年有個閭丘老，不識豐干空懊惱。寒山拾得恣癲狂，走入深林無處討（《送義禪人遊台雁》）」「人人釋迦彌勒，個個寒山拾得（《送炬首座遊台溫》）」「寒山子道：『千年石上古人蹤，萬丈岩前一點空。』（《送儀侍者遊天台雁蕩》）」「國清三聖誰不知，興發到處題新詩（《送伊藏主遊天台四明》）」「豐干寒拾面目真，屈曲寒藤上高樹（《送諸侍者遊天台雁蕩》）」「豐干拍手寒山笑，誰似渠儂得自由（《送瓊禪人之天台》）」。〔註91〕楚石在以上偈頌中借歌詠天台三聖，為衲子們或書寫散聖的佯狂應化、或揭示人人皆有佛性、或破除法執、或將詩文為般若、或指示山居修行的踐履之道、或張揚蕭灑自由的禪宗精神。楚石梵琦六坐道場，從泰定元年（1324）冬開始擔任寺院住持，弘法佈道，亦開始創作偈頌，而其《和天台三聖詩》作於至正十六年（1356）。由此可以推測，楚石梵琦關涉天台三聖的偈頌創作對其創作《和天台三聖詩》具有一定的影響。

在元代日本僧侶前往中國求法成為潮流，據木宮泰彥統計史冊留名的入元日僧約二百二十人左右。〔註92〕元朝的首都雖在大都（北京），但禪宗文化中心則在江南。因此，日本僧侶多到江南遊覽禪剎、求法修道，如日本建仁寺別源圓旨《送僧之江南》詩云：「聞兄昨日江南來，珣弟今朝江南去。故人又是江南多，況我曾在江南住。江南一別已三年，相憶江南在寐寤。十里湖邊蘇公堤，翠柳青煙雜細雨。高峰南北法王家，朱樓白塔出雲霧。雪屋銀山錢塘潮，百萬人家回首顧。南音北語驚歎奇，吳越帆飛西興渡。我欲重遊是何年，送人只得空追慕。（《南遊東歸集》）」〔註93〕日本入元僧侶求法地點或為名剎（如雪

〔註90〕（元）梵琦著，于德隆點校：《楚石梵琦全集》，北京：九州出版社，2017年，第277～278頁。

〔註91〕（元）梵琦著，于德隆點校：《楚石梵琦全集》，北京：九州出版社，2017年，第249、261、277、277、278、326頁。

〔註92〕（日）木宮泰彥著，胡錫年譯：《日中文化交流史》，北京：商務印書館，1980年，第420頁。

〔註93〕轉自（日）木宮泰彥著，胡錫年譯：《日中文化交流史》，北京：商務印書館，1980年，第465頁。

寶資聖禪寺）或為高僧住持寺院（如天目山獅子禪院）等。木宮泰彥分析日本
僧侶遊歷地點中的天寧寺指出「在嘉興府北方，宋朝英宗治平（1064～1067 年）
年間創建，稱天寧寺。……因楚石梵琦住持此寺，所以日僧東林友丘、約庵德
久、寰中元志、無我省吾等都來此住過」。〔註94〕「道化所被，薄海內外」的
楚石梵琦曾與日本、高麗僧侶結下深厚情誼，記錄楚石與外國僧人交往的文本
除前文提及的《日本淵默庵畫二十二祖請讚》外，還有其為外國僧侶創作的四
十多首偈頌。

　　從楚石贈偈頌的日本、高麗國僧侶的職務看，以首座、藏主、侍者為主，
「首座也稱第一座，在叢林中居眾僧的首位，常領導、指揮眾僧遵守禪規，有
時也替師家分座說法。……藏主又稱知藏，監理經藏。侍者是住持的近侍，辦
理雜務，有侍香、侍客、侍藥、侍狀、侍衣等，稱為五侍」；〔註95〕從詩歌語
言形式看，楚石梵為外國僧侶所作偈頌以七言與雜言為主，七言如《寄高麗檜
岩至無極長老》其一：「當年自說遊高麗，今日人傳住檜岩。會下不知多少眾，
前三三與後三三。」〔註96〕雜言如《送萬年楚藏主回日本》云「萬年一念，一
念萬年。不在天台南嶽，亦非東土西乾。會得則風行草偃，不會則紙裹麻纏。
本來無一物，教外有何傳。昔入大唐來，眼不見鼻孔。今歸日本去，腳不跨船
舷。入海泥牛奔似電，沿江木馬走如煙」；〔註97〕從楚石禪師為域外僧侶寫作
的內容看，包括送別與說字號。楚石梵琦為送別外國僧侶撰寫的偈頌可根據入
華僧前往的地點分為參方禮祖與歸國兩類，前者如《送東侍者之天平》《送日
本東藏主遊台雁》《送高麗蘭禪人禮補陀》等，後者如《送萬年楚藏主回日本》
《送延聖世首座還日本》《送中竺吾藏主還日本》等。楚石梵琦送別入元僧詩
偈相關分析詳見下文，這裡先就其說字號詩偈進行探討。僧人以表字、道號為
文章創作主題始於宋朝，自此字說文與道號序便成為重要的涉佛文體。〔註98〕

〔註94〕（日）木宮泰彥著，胡錫年譯：《日中文化交流史》，北京：商務印書館，1980
　　　　年，第 468 頁。

〔註95〕（日）木宮泰彥著，胡錫年譯：《日中文化交流史》，北京：商務印書館，1980
　　　　年，第 421 頁。

〔註96〕（元）梵琦著，于德隆點校：《楚石梵琦全集》，北京：九州出版社，2017 年，
　　　　第 315 頁。

〔註97〕（元）梵琦著，于德隆點校：《楚石梵琦全集》，北京：九州出版社，2017 年，
　　　　第 262 頁。

〔註98〕沈如泉：《宋代僧人字說與道號序》，《世界宗教文化》，2022 年第 2 期，第 168
　　　　～175 頁。

楚石禪師則為日本僧侶贈送字號，並通過創作詩偈進行闡述字號的文化意蘊。如楚石曾為日本高僧菅公之徒淨居月長老贈字號「桂岩」，詩曰「月中桂子瓢岩幽，長成一樹三千秋。秋風吹開枝上花，花所及處清香浮。月公本是菅公裔，道譽之香塞天地。金粟如來夢幻身，不須更受菩提記」。〔註99〕名與字相呼應，清新雅致，意趣盎然。楚石在詩中闡明以「桂岩」為字號，寓意為淨居月長老的道行高深如同前身為金粟如來的維摩居士。同時，又以桂花飄香譬喻淨居月長老「道譽塞天地」。楚石創作的此類闡釋字號的詩偈還有《大機贈日本全藏主》《四遠贈日本聞侍者》等。

楚石梵琦作為元明之際的一代高僧受到朝廷尊重，且「凡所蒞之處，黑白饗慕」，但他並不傲慢自大，具有佛家平等慈悲的精神品質，這一點在其對待來華僧侶方面表現的尤為明顯。在楚石為入元僧創作的送別偈中，他同情並讚揚日本僧侶不畏艱險、遠渡重洋前來求法的志向，如其以下詩句「日本禪僧皆可喜，不憚鯨波千萬里。捐軀為法到南方，如今出家今有幾？（《送的藏主歸里》）」「進禪得得來中州，三萬里截滄溟流（《送進侍者》）」「道人日本來，將甚麼過海？（《送用首座》）」「扶桑發足遍參時，不顧身經海道危（《與禪友偈二首·其一》）」。〔註100〕

在宋僧蘭溪道隆、無學祖元入日弘法及日僧榮西與圓爾辨圓入宋求法後，臨濟宗在日本廣為傳播，部分日僧因此具有較高的禪學修養，木宮泰彥甚至認為當時的日本禪宗已經不遜色於中國。〔註101〕對於禪學造詣深厚的日僧，楚石往往不吝讚詞，積極肯定日僧的禪學修養，如以下詩句中所言「道人日本來，可拍佛祖肩。駿馬不受羈，長途自騰驤。日馳三萬里，頃刻撫八埏。妙喜臭皮襪，楊岐金剛圈，臨濟正法眼，滅向瞎驢邊。鼻孔略彷彿，諸方誰敢穿（按：據于德隆介紹《送志侍者》墨蹟收於日本田山方南所編《禪林墨蹟》中，落款為「海東志侍者，見地密穩，人品奇偉，有言有德，誠可敬也。屈居擇木僚半年，職滿。深以此道相期於他日，書偈為贈。至正丙午七月廿五，楚石道人梵琦」）」「初來大唐國，此道已圓成（《送中竺吾藏主還日本》）」「昔年日本來，

〔註99〕（元）梵琦著，于德隆點校：《楚石梵琦全集》，北京：九州出版社，2017年，第315頁。

〔註100〕（元）梵琦著，于德隆點校：《楚石梵琦全集》，北京：九州出版社，2017年，第251、271、271、704頁。

〔註101〕（日）木宮泰彥著，胡錫年譯：《日中文化交流史》，北京：商務印書館，1980年，第464頁。

紅爐一朵芙蓉開（《贈遠侍者》）」等。〔註102〕楚石對入日弘法的寧波高僧竺仙梵仙的功績也大為稱讚，其《題〈竺仙和尚語錄〉》寫道「竺仙禪師遠涉鯨波三萬餘里，唱鳳臺無說之說，度日本無生之生。屢董名藍，為彼國王臣之所歸敬……」。〔註103〕楚石禪師還稱讚日本五山文學代表作家義堂周信的詩作：「不意日本有此郎耶？明人皆云，疑是中華人，寓其人者之作也（按：此為楚石梵琦佚文，輯自《空華日工集》）。」〔註104〕在《送森藏主》詩中楚石禪師甚至想將自己的衣缽傳給森禪人，詩中寫道「鐘樓上念讚，床腳下種菜。猛虎當路坐，雞嶼洋無蓋。森禪日東來，意氣何慷慨。開口吞佛祖，不嫌牙齒礙。諸方奇特語，無一念心愛。只是舊時人，方能明下載。山僧卻喜渠，早晚付缽袋」。〔註105〕

　　楚石梵琦以平等慈悲的高僧風範與數十位外國僧侶共同修行，為他們指點迷津。在善知識楚石的教導下入華求法僧取得一定的成就，如其《送延聖世首座還日本》寫道「昔者乘桴遊大唐，如今挾復歸扶桑。到家拈出賓主句，針眼魚吞金翅王」，《贈遠侍者》寫道「此日諸方去，鐵鞭擊碎珊瑚樹。東西南北任縱橫，贏得清風布地生」。〔註106〕在共同的佛教生活中，楚石梵琦與入元僧

〔註102〕（元）梵琦著，于德隆點校：《楚石梵琦全集》，北京：九州出版社，2017 年，第 271〜272、277、279 頁。

〔註103〕（元）梵琦著，于德隆點校：《楚石梵琦全集》，北京：九州出版社，2017 年，第 696 頁。

〔註104〕轉自（日）木宮泰彥著，胡錫年譯：《日中文化交流史》，北京：商務印書館，1980 年，第 492 頁。

〔註105〕（元）梵琦著，于德隆點校：《楚石梵琦全集》，北京：九州出版社，2017 年，第 253 頁。

〔註106〕（元）梵琦著，于德隆點校：《楚石梵琦全集》，北京：九州出版社，2017 年，第 246、279 頁。楚石詩中的「金翅王」乃金翅鳥王之略稱，乃佛教傳說中的大鳥，本應是金翅鳥吞針眼魚（蛇），以象徵修行人降伏其心，但楚石禪師突破邏輯慣性，偏說針眼魚能吞金翅鳥，頗富意趣。「《南齊書·南郡王子夏傳》：『世祖夢金翅鳥下殿庭，搏食小龍無數，乃飛上天。』《法苑珠林》卷十：『金翅鳥有四種，一卵生，二胎生，三濕生、四化生……若卵生金翅鳥飛下海中以翅搏水，水即兩披，深二百由旬，取卵生龍隨意而食之。』亦省稱『金翅』。康有為《寄贈王幼霞侍御》詩：『金翅食龍四海水，女床棲鳳萬年枝。』禪籍以『金翅鳥；喻指機鋒鋒利之禪者。」李黷琴著：《禪宗語言話語體系研究》，成都：巴蜀書社，2020 年，第 248 頁。象徵修行意義的金翅鳥圖像於古印度貴霜朝出現，在犍陀羅文化影響下獲得發展，此後在龜茲地區、漢傳佛教、藏傳佛教文化中綿延兩千多年。具體內容參見李靜傑《金翅鳥圖像分析》，《敦煌研究》，2022 年第 4 期，第 36〜50 頁。

結下深情厚誼，並能「為情造文」〔註107〕，時至今日讀來亦令人感動。現拈出兩例，窺其一斑：

《送高麗順禪人歸國》

> 普賢身中行一步，超過恒河沙佛土。昨日方離海岸來，今朝便往高麗去。我此浙江，何異汝鄉。冬寒向火，夏熱乘涼。達者本心頭頭是道，昧真性者處處迷方。父母未生有甚麼，與他辛苦擔皮囊。效善財，參知識，禮文殊，謁彌勒。不知放下馳求心，內外中間絕消息。或遊山，或面壁。或垂手入廛，或韜光晦跡。煆凡成聖只須臾，拄天撐地也奇特。順禪人，須委悉，紅日照中春，清風生八極。〔註108〕

「昨日方離海岸來，今朝便往高麗去」，楚石感慨曾經共同修道的愉快生活轉瞬即逝，高麗國的道友彷彿昨日才來，今朝便要告別，真有「萬年一念」之感。「我此浙江，何異汝鄉」，楚石希望順禪人可以留在浙江，與自己同勉共修，但道友終究難留。對即將歸國的順禪人楚石老婆心切地叮囑：放下馳求心，觸處皆是真。

楚石梵琦曾與日僧椿庭海壽共同修道半年之久，兩人情誼尤篤。楚石曾寫及自己對椿庭壽藏主的評價及二人交往的詳細情況「日本椿庭壽藏主，高明博達，胸中不著一毫人我，直取無上菩提者，它日孤峰頂上盤結草庵，訶佛罵祖去在，非浪許也。嘗記余主嘉禾天寧時，道聚半載，感其高誼不可忘」〔註109〕至正二十三年（1363），閏三月，二十二日，椿庭壽藏主歸國時，楚石禪師率爾操觚以詩贈別：

《與日本椿庭壽藏主送別偈》

> 日出西方夜落東，正當臘月飄春風。如今此話向誰舉，十個五雙皆夢中。只恐冤家不相遇，遇著何須重解注。三千里外摘楊花，卻喚癡兒扯柳絮。棒頭太窄舌頭乾，德山臨濟具顢頇。椿庭藏主但一默，五千餘卷誠無端。曲錄木床參大老，未啟口時先被掃。玄玄

〔註107〕（南朝）劉勰著，范文瀾注：《文心雕龍·情采第三十一》（下冊），上海：華東師範大學出版社，2019年，第451頁。

〔註108〕（元）梵琦著，于德隆點校：《楚石梵琦全集》，北京：九州出版社，2017年，第263頁。

〔註109〕（元）梵琦著，于德隆點校：《楚石梵琦全集》，北京：九州出版社，2017年，第701頁。

玄處更須訶，了了了時無可了。扶桑國裏舊禪榻，蒼苔滿地無人踏。
倚牆高唱《歸去來》，古境重磨光透匣。寒山之狂拾得顛，須彌山頂
撐鐵船。諸方說禪浩浩地，何似飯飽橫刀眠。山僧蘸筆聊相送，莫
把封皮作信傳。〔註110〕

　　楚石梵琦為來華僧侶創作的四十多首偈頌具有重要意義，從楚石禪師個
人角度看，可以證明楚石禪師詩禪兼擅、平等待人、胸懷廣大、飲譽海內外；
從中日佛教文化交流史視角觀察，在中日弘安之役後，兩國的佛教文化交流仍
然持續，中國與高麗的佛教文化交流也不斷如帶。

二、禪宗門庭施設之歌詠

　　對禪門要訣的歌頌是楚石語錄的重要主題，包括《四料揀（簡？）》《四賓
主》《四喝》《三玄三要》《十智同真》《和梁山十牛頌》等，大多為臨濟宗的門
庭施設，現舉出其中文學性較強的例子進行探討。「四料簡」是臨濟宗禪師開
示學人的宗門施設，包括奪人不奪境、奪境不奪人、人境兩俱奪、人境俱不奪。
「『四料簡』意思是臨濟宗對付不同參學者所使用的對答藝術，辨別禪者是否
做到自性具足、不假外求」。〔註111〕紙衣和尚（克符道者）曾請教過臨濟義玄
「四料簡」的問題：

　　　　初問臨濟：「如何是奪人不奪境？」濟曰：「煦日發生鋪地錦，
嬰兒垂髮白如絲。」師曰：「如何是奪境不奪人？」濟曰：「王令已
行天下遍，將軍塞外絕煙塵。」師曰：「如何是人境俱奪？」濟曰：
「並汾絕信，獨處一方。」師曰：「如何是人境俱不奪？」濟曰：「王
登寶殿，野老謳歌。」〔註112〕

紙衣和尚在聽聞臨濟義玄禪師的「繞路說禪」後，領悟到其中的禪旨，遂作頌
詩。紙衣和尚詠「奪人不奪境」曰「奪人不奪境，緣自帶諸訛。擬欲求玄旨，
思量反責麼。驪珠光燦爛，蟾桂影娑婆。覿面無差互，還應滯網羅」；頌「奪
境不奪人」云「奪境不奪人，尋言何處真。問禪禪是妄，究理理非親。日照寒
光澹，山搖翠色新。直饒玄會得，也是眼中塵」；頌「人境兩俱奪」為「人境

〔註110〕（元）梵琦著，于德隆點校：《楚石梵琦全集》，北京：九州出版社，2017年，
　　　　第701頁。
〔註111〕周裕鍇著：《禪宗語言》，杭州：浙江人民出版社，1999年，第74頁。
〔註112〕（宋）普濟著，蘇淵雷點校：《五燈會元》，北京：中華書局，1984年，第656
　　　　頁。

兩俱奪，從來正令行。不論佛與祖，那說凡聖情。擬犯吹毛劍，還如值木盲。進前求妙會，特地斬情靈」；歌詠「人境俱不奪」言「人境俱不奪，思量義不偏。主賓言少異，問答理俱全。踏破澄潭月，穿開碧落天。不能明妙用，淪溺在無緣」。〔註113〕

　　楚石梵琦作為臨濟宗禪師，他繼承宗門重視「四料簡」的傳統，並且深有體會，形諸歌詠：

　　　　奪人不奪境，三竿曉日千門靜，桃花樹樹近前池，不見佳人來照影。奪境不奪人，玉鞭金鐙賞殘春，千紅萬紫歸何處，驀地風來卷作塵。人境兩俱奪，漠漠長蛇圍偃月，誰敢當頭犯太阿，直教萬里人絕蹤。人境俱不奪，上下四維春似澄，聖主垂衣日月明，將軍放馬乾坤闊。〔註114〕

與紙衣和尚用五言詩歌頌「四料簡」不同，楚石梵琦用五言與七言形成「五、七七七」體。「四料簡」中的「人」指個人的情識，「境」指客觀環境。「奪人不奪境」意為削平「人我山」，破除我執，即臨濟所謂嬰兒生命虛幻無常，紙衣和尚所謂個人馳求心不足為貴，楚石筆端的不見佳人。「奪境不多人」是禪師針對過於依賴外境的學僧的說教，鼓勵學人增強信心。禪師意在讓學僧自信自立，對於外境的態度應是「將在外，君命有所不受」。對外境與佛法不能執為實有，就是禪師常言「金屑雖貴，在眼成翳」的道理，即楚石所言春天的萬紫千紅終究「驀地風來卷作塵」。「人境兩俱奪」周裕鍇解釋為「是針對悟性較高的學者，用『逢佛殺佛，逢祖殺祖』的手段，破除一切法執客境，『不與物拘，透脫自在』」。〔註115〕吳言生解釋為「人境俱奪」是用於我執和法執皆重的修行者。〔註116〕「悟性較高的學者」不可能是「我執和法執都很重的人」，故而二人的觀點顯然是矛盾的。同時，這兩種矛盾的觀點具有同一性，即破除法執，追求開悟。楚石梵琦對「人境俱奪」的歌頌是「漠漠長蛇圍偃月，誰敢當頭犯太阿，直教萬里絕人蹤」，意為佛法如同偃月寶刀與太阿

〔註113〕（宋）普濟著，蘇淵雷點校：《五燈會元》，北京：中華書局，1984年，第656頁。

〔註114〕（元）梵琦著，于德隆點校：《楚石梵琦全集》，北京：九州出版社，2017年，第312頁。

〔註115〕周裕鍇著：《禪宗語言》，杭州：浙江人民出版社，1999年，第75頁。

〔註116〕「『人境兩俱奪』是針對我執和法執都很重的人，破除其『我』、『法』二執」。吳言生著：《禪宗詩歌境界》，北京：中華書局，2001年，第46頁。

寶劍，學人若對其產生執念，便會「傷鋒犯手」，所以要學人歇卻馳求心，破除我執，最終達到佛魔俱遣、凡聖無別的境界。由此可見，楚石梵琦理解「人境俱奪」的內涵似乎與吳氏的詮釋相近，但教授對象禪學素養的水平應如周氏所言是「悟性較高的」〔註117〕。「人境俱不奪」是指已經體悟到佛法的禪人能夠深達色空不二的境界，象徵佛法的君王可以垂拱而治，象徵外境的將軍可任意策馬馳騁。

　　禪家各宗皆有各不相同的接引學人的手段，如臨濟宗的「棒喝」，溈仰宗的圓相等等。臨濟宗的「喝」非常著名，叢林流傳有「德山棒，臨濟喝」之語。臨濟義玄本人曾以「四喝」勘驗學人，「師問僧：『有時一喝如金剛王寶劍，有時一喝如踞地獅子，有時一喝如探竿影草，有時一喝不作一喝用。』僧擬議，師便喝」。〔註118〕

　　禪林中不少著名僧人曾歌頌「四喝」，如汾陽善昭、寂音尊者（惠洪）、智海普融等。楚石梵琦歌詠《四喝》詩云：

　　　　一喝如金剛寶劍，劈面揮時難躲閃。不論佛祖與天魔，才有纖
　　毫須痛斬。一喝如踞地獅子，古冢野狐逢即死。若是金毛獅子兒，
　　展開四足搖雙耳。一喝如探竿影草，可中誰了誰不了。碧眼胡兒舉
　　鐵鞭，玉門關透長安道。一喝不作一喝用，十月黃河連底凍。小小
　　狐兒掉尾行，這回不要虛驚恐。〔註119〕

惠洪歌頌「一喝如金剛王寶劍」是「金剛寶劍，覿露堂堂。才涉唇吻，即犯鋒芒」〔註120〕，指禪師的喝聲可以讓言語道斷，即斬斷語言葛藤。楚石梵琦則認為「一喝如金剛寶劍」可以讓學人剿絕情識、去除分別心，即所謂「不論佛祖與天魔，才有纖毫須痛斬」，心無掛礙。楚石禪師理解「一喝如踞地獅子」為禪師喝聲如獅王吼哮讓疑惑如狐的學僧、外道能夠覺醒。楚石的詮釋與汾陽

〔註117〕「四料簡」作為臨濟宗門庭施設其針對的學人是有區分的，「義玄曾道及這幾種方法的使用對象：『如中下根器來，我便奪其境，而不除其法；或中上根器來，我便境法俱奪；如上上根器來，我便境法人俱不奪；如有出格見解人來，山僧此間便全體作用，不歷根器。』（按：引文出自《鎮州臨濟慧照禪師語錄》）」周裕鍇著：《禪宗語言》，杭州：浙江人民出版社，1999年，第75頁。值得注意的是「四料簡」中區分為「人」與「境」，引文中的區分多出了「法」。

〔註118〕《大正新修大藏經》（第47冊），第504頁。

〔註119〕（元）梵琦著，于德隆點校：《楚石梵琦全集》，北京：九州出版社，2017年，第313頁。

〔註120〕《大正新修大藏經》（第48冊），第302頁。

善昭、智海普融相近，後者頌「一喝如據地獅子」曰「一喝金毛輕踞地，檀林襲襲香風起。雖然爪距不曾施，萬里妖狐皆遠避」。〔註121〕楚石詩中認為「一喝如探竿影草」是指禪師勘驗學僧是否領悟禪法，即「可中誰了誰不了」。據周裕鍇介紹，詩中的「探竿影草」意象有多種解釋：「日本無著道忠《葛藤語箋》引《正宗讚》注：『古語云：『探竿在手，影草隨身。』止明知此二物。或曰：『探竿，探水深淺之竿；影草，下水深處之索也。』又曰：『探竿，索魚之竿；影草，驅魚之索也。』或曰：『探竿影草，一物，竿頭插草以攪動水，則魚怖而聚一處。』又曰：『作賊者，竿頭縛草，內之屋裏，伺驗人之睡否有無。』」〔註122〕學者們對「探竿影草」進行考證固然對於研究中國古代生活史與禪宗史具有意義，但從禪宗主張的見月亡指觀念出發則於理解禪意本身影響不大。「一喝不作一喝用」指禪師喝聲如羚羊掛角無意義可尋，即楚石所言「這回不要虛驚恐」。

在楚石梵琦的偈頌中有組特殊的歌詠禪宗門庭施設的組詩，這十首組詩與圖像、詩歌關係密切，它便是《和梁山十牛頌》。牧牛與佛教關係密切，陳開勇先生指出佛陀為教化眾生曾廣泛使用「牧牛」譬喻，因此在原始佛教及部派三藏中「牛喻」豐富。隨後，大乘佛教又對之批判繼承。中國禪宗的典籍如《祖堂集》與禪畫《牧牛圖》便汲取牧牛喻，從而隨機施教。〔註123〕創作《牧牛圖》著名者有清居、廓庵、自得三人，其中將《牧牛圖》繪製成十幅的有普明禪師與廓庵禪師。廓庵師遠的《十牛圖》（全稱《住鼎州梁山廓庵和尚十牛圖頌並序》）分別為：《尋牛》《見跡》《見牛》《得牛》《牧牛》《騎牛歸家》《忘牛存人》《人

〔註121〕《大正新修大藏經》（第48冊），第302頁。

〔註122〕《禪語辭書類聚》（第2冊），日本京都花園大學內禪文化研究所印行，187頁。轉自周裕鍇著：《禪宗語言》，杭州：浙江人民出版社，1999年，第228頁。

〔註123〕陳老師指出牧牛喻的源流為「《阿含經》及其他部派三藏→《遺教經》及其他大乘經論→唐宋禪師們的對機法語→《十牛圖》→《十牛圖頌》」。具體內容可參閱陳開勇：《佛教「牧牛喻」的淵源與流變——從原始佛教到禪宗〈十牛圖頌〉》，《河池師專學報》，2002年第3期，第48～52頁。同時，亦可參閱林孟蓉著：《明清禪宗「牧牛詩組」之研究》，成都：巴蜀書社，2019年，第24～30頁。林氏注意到禪宗牧牛與儒家對《周易》中「謙謙君子，卑以自牧」注解的關係。吳言生曾獨具慧眼地指出「善昭的《牧童詩》上承寒山詩風，加以獨特的藝術表現，大規模地將牧牛象徵為調心，是禪宗《牧牛圖詩》的嚆矢」。吳言生著：《禪宗詩歌境界》，北京：中華書局，2001年，第92頁。

牛俱亡》《返本還源》《入鄽垂手》〔註124〕，楚石梵琦的《和梁山十牛頌》組詩每首的題目與圖畫名相同（按：楚石《忘牛存人》圖頌詩之「忘」字作「亡」），《入鄽垂手》圖頌詩中「鄽」作「廛」）。《十牛圖》並非一般繪畫，它具有佛教教化意義，即「觀眾生之根器，應病施方，作牧牛以為圖，隨機設教」。〔註125〕

楚石梵琦《和梁山十牛頌》之《尋牛》詩云「天涯海角遍參尋，直入萬重煙嶂深。抖得今朝與明日，綠楊堤畔聽鶯吟」。〔註126〕楚石詩中以牛喻性，意為自性具足，不必在天涯海角尋覓，但人在塵世容易迷失，當驀然回首看到「本地風光」時，便能觸處成真。楚石此詩與壞衲璉和尚的和詩立意相近，壞衲璉和尚《和十牛圖頌》之《尋牛》曰：「本無蹤跡是誰尋，誤入煙蘿深處深。手把鼻頭同歸客，水邊林下自沉吟。」〔註127〕當牧童經過尋牛、見跡、見牛、得牛的過程，便可以馴服牛兒的野性，逐漸使其溫順。廓庵頌《牧牛》曰：「鞭索時時不離身，恐伊縱步入塵埃。相將牧得純和也，羈索無抑自逐人。」〔註128〕楚石庚和《牧牛》詩云「從來一個不羈身，滿眼雲山滿眼塵。今日少能知除淨，肯緣苗稼犯他人」。〔註129〕在兩位禪師的筆下，野性十足、狂放不羈的牛被牧童用鞭索馴服，象徵著學人對自己雜念妄心的調伏，正如廓庵《牧牛序》所言「前思才起，後念相隨。由覺故以成真，在迷故而為妄。不唯由境有，惟自心生。鼻索牢牢，不容擬議」。〔註130〕整個牧牛過程的最終境界是「入廛垂手」，即任運隨緣，且能在十字街頭化導世人。楚石《入廛垂手》詩曰：「珍御全拋與麼來，分明烏嘴與魚腮。輝天鑒地能奇特，盡使勞生眼豁開。」〔註131〕在「入鄽垂手」的修行境界中，禪師能夠「珍御全拋」，心無分別，立處皆真，

〔註124〕據劉桂榮介紹可知《十牛圖》現存於日本京都相國寺。劉氏已據 Manual of Zen Buddhism 一書將《十牛圖》收錄其著作中。劉桂榮著：《宋代禪宗美學與禪畫藝術研究》，北京：人民出版社，2019 年，319～335 頁。

〔註125〕藍吉富主編：《禪宗全書》（第 32 冊），臺灣：文殊出版社，1988 年，第 621 頁。轉自劉桂榮著：《宋代禪宗美學與禪畫藝術研究》，北京：人民出版社，2019 年，第 318 頁。

〔註126〕（元）梵琦著，于德隆點校：《楚石梵琦全集》，北京：九州出版社，2017 年，第 316 頁。

〔註127〕《卍續藏經》（第 113 冊），第 917 頁。

〔註128〕《卍續藏經》（第 113 冊），第 918 頁。

〔註129〕（元）梵琦著，于德隆點校：《楚石梵琦全集》，北京：九州出版社，2017 年，第 317 頁。

〔註130〕《卍續藏經》（第 113 冊），第 918 頁。

〔註131〕（元）梵琦著，于德隆點校：《楚石梵琦全集》，北京：九州出版社，2017 年，第 318 頁。

教化世人，即「提瓢入市，策杖還家。酒肆魚行，化令成佛（廓庵《入鄽垂手序》）」。〔註132〕

楚石禪師《和梁山十牛頌》組詩的創作對「牧牛詩組」的創作傳統起承前啟後的作用。楚石牧牛詩紹繼善昭、廓庵等前代禪師之傳統，又傳承宗風使後代庚和者如宗泐、來復、普慈、景隆等人步武有法。

第三節　「詩為禪客添花錦」：說法語錄中的詩句

自北朝起由於饑荒、戰爭等天災人禍的原因，社會上湧現出大量的流民，他們不願淪為封建統治階級擴大利益的犧牲品，因此流民逐漸成為僧團人員的重要組成成分。北周滅佛與隋唐之際的戰亂使長安、洛陽、鄴都等地的僧侶向南方流動，經過長期發展淮南江表與荊襄等地成為禪宗的發源地。道信與弘忍在修行方式上強調坐作並重，為禪宗發展建立了堅固的根據地，確立了該宗自信自立、自求解脫的核心教義，並表現出十足的農禪特色。〔註133〕洪州宗禪師百丈懷海實行「普請法」完成了農禪體系。洪州宗的南泉普願本人「斫山畬田」，前來求法者絡繹不絕，從而使農禪普及。〔註134〕南禪宗宗教觀念與宗教實踐方面發生重大變化，禪僧不必像貴族僧侶一樣寄生於官寺，也不再需要從佛經文字中尋求真諦，而是強調「教外別傳」「不立文字」。南禪宗在宗教觀念與宗教實踐上以農禪為特色，使得農禪語言替代了佛教經典語言。〔註135〕梁啟超在《翻譯文學與佛典》之「翻譯文學之影響於一般文學」中指出「自禪宗語錄興，宋儒效焉，實為中國文學界一大革命」。〔註136〕梁啟超先生指出禪宗語錄的革命性表現之一端便為禪宗語言的農禪性質，即加地哲定認為的「（語錄）是日常語言，其中自然有許多俗語、俚語、比喻語、外國語」。〔註137〕

〔註132〕《卍續藏經》（第113冊），第920頁。

〔註133〕杜繼文，魏道汝著：《中國禪宗通史》，南京：江蘇人民出版社，2008年，第56～59，82～90頁。

〔註134〕杜繼文，魏道汝著：《中國禪宗通史》，南京：江蘇人民出版社，2008年，第272～289頁。

〔註135〕周裕鍇著：《禪宗語言》，杭州：浙江人民出版社，1999年，第26頁。

〔註136〕梁啟超著：《佛學研究十八篇》，南京：江蘇文藝出版社，2008年，第171頁。

〔註137〕（日）加地哲定著，劉衛星譯，秦惠彬校：《中國佛教文學》，北京：今日中國出版社，1990年，第212頁。

時至宋代，居士佛教得到發展，「文字禪」席卷文壇。宋代士大夫以筆硯為佛事，禪師亦借詩說禪。因此，禪宗語言的農禪特色受到士大夫語言影響。〔註138〕在南宋以詩證禪甚至成為叢林規矩，即「釣話」與「罵陣」。〔註139〕著名詩人元好問早已意識到禪宗語言受士大夫話語的影響，他在《答俊書記學詩》中便說「詩為禪客添花錦」。〔註140〕禪師借詩說禪可分為兩類，一是借用他人詩句，一是自己即興創作。由此可見，禪師說法語錄與詩歌關係甚為密切。

禪宗語錄中的詩句引起不少學者的興趣，如張伯偉先生曾分析歸納了禪師說法中引用寒山詩的類型為參禪的工具、上堂的法語、模擬的對象〔註141〕，周裕鍇則對禪師引用李白、王維、王之渙、賈島等人詩句的現象進行了詮釋〔註142〕。近年來，李小榮先生主持國家社會科學基金重點項目「禪宗語錄文學特色之綜合研究」，其對禪宗語錄的文學性進行了深刻且全面地闡釋。李小榮先生主要從唐詩的傳播視角分析相關問題，既微觀析論名篇在叢林的傳播（如其對孟浩然的《春曉》詩》在禪林傳播的研究），又宏觀觀照禪師引用唐詩中的接受類型、傳播接受的語境、傳播接受的詩禪關係，成果豐碩。〔註143〕

為進一步瞭解楚石禪法與文學素養，不妨梳理楚石語錄中借詩說禪的詩句進行探討。經翻檢，楚石說法語錄中引用的詩歌按照作者身份可分為文人詩（含居士詩）、釋子詩兩類，屬於借詩說禪，為眉目清晰，現分類列之於下：

〔註138〕農禪語言與士大夫語言二者是相互作用的，周裕鍇指出禪宗語言影響宋詩形成了「以俗為雅」的特色。可參閱周裕鍇著：《禪宗語言》，杭州：浙江人民出版社，1999 年，第 178～189 頁。

〔註139〕「宗杲的弟子萬庵道顏禪師指出：『古人上堂，先提大法綱要，審問大眾，學者出來請益，遂形問答。今人杜撰四句落韻詩，喚作釣話；一人突出眾前，高吟古詩一聯，喚作罵陣。俗惡俗惡，可悲可痛！』（禪林寶訓》卷三）」。周裕鍇著：《禪宗語言》，杭州：浙江人民出版社，1999 年，第 183 頁。

〔註140〕（金）元好問著，狄寶心校注：《元好問詩編年校注》，北京：中華書局，2018 年，第 340 頁。元好問對禪宗典籍應十分熟悉，他不僅與禪師相互酬唱，且寫有《讀李狀元朝宗禪林記詩》。

〔註141〕張伯偉著：《禪與詩學》，杭州：浙江人民出版社，1992 年，第 248～255 頁。

〔註142〕周裕鍇著：《禪宗語言》，杭州：浙江人民出版社，1999 年，第 181 頁。

〔註143〕李小榮先生在禪宗語錄與唐詩傳播研究方面取得的成就主要有：《唐音繚繞在禪林——論唐詩名篇在叢林的傳播與接受》，《文學遺產》，2016 年第 1 期，第 63～71 頁；《孟浩然〈春曉〉在禪林的傳播》，《古典文學知識》，2014 年第 2 期，第 57～64 頁；《禪宗語錄杜詩崇拜綜論》，《杜甫研究學刊》，2020 年第 3 期，第 1～21 頁等；可喜的是，李先生的《禪宗語錄文學特色綜合研究》已由人民出版社於 2022 年 9 月出版，書中對歷代禪師運用詞、小說、戲劇等進行了研究。

文人詩：

序號	作者	詩題	詩句	說法形式
1	徐凝	《廬山瀑布》	千（今）古長如白練飛，一條界破青山色。〔註144〕	浴佛上堂
2	柳公權	《夏日聯句》	薰風自南來，殿閣生微涼。〔註145〕	結夏上堂
3	白居易	《長恨歌》	玉容寂寞淚闌干，梨花一枝春帶雨。〔註146〕	上堂
4	白居易	《大林寺桃花》	長恨春歸無覓處，不知流（轉）入此中來。〔註147〕	教授俞觀光入山上堂
5	劉彥修（居士）	《無題》	趙州柏樹太無端，境上追尋也大難。處處綠楊堪繫馬，家家門底透長安。〔註148〕	歲旦上堂
6	武則天	《臘日宣詔幸上苑》	花須連夜發，莫待曉風吹。〔註149〕	上堂
7	羅隱	《水邊偶題》	只知事逐眼前過，不覺老從頭上來。〔註150〕	上堂
8	韓淲	《雨中》	三月懶遊花下路，一家愁閉雨中門。〔註151〕	解夏小參
9	杜常	《華清宮》	行盡江南數十程，曉風殘月入華清。朝元閣上西風急，都入常楊作雨聲。〔註152〕	解夏小參
10	杜荀鶴	《春宮怨》	風暖鳥聲碎，日高花影重。〔註153〕	佛涅槃上堂

〔註144〕《全唐詩》（第7冊）（增訂本），1999年（2013年重印），第5410頁。

〔註145〕《全唐詩》（第1冊）（增訂本），1999年（2013年重印），第50頁。

〔註146〕謝思煒撰：《白居易詩集校注》（第2冊），北京：中華書局，2006年，第944頁。

〔註147〕謝思煒撰：《白居易詩集校注》（第3冊），北京：中華書局，2006年，第1307頁。

〔註148〕（宋）普濟著，蘇淵雷點校：《五燈會元》，北京：中華書局，1984年，第1353頁。

〔註149〕《全唐詩》（第1冊）（增訂本），1999年（2013年重印），第60頁。

〔註150〕李定廣校箋：《羅隱集繫年校箋》（上冊），北京：人民文學出版社，2013年，第124頁。

〔註151〕《全宋詩》（第52冊），北京：北京大學出版社，1998年，第31703頁。

〔註152〕《全唐詩》（第11冊）（增訂本），1999年（2013年重印），第8450頁。

〔註153〕《全唐詩》（第10冊）（增訂本），1999年（2013年重印），第7995頁。

11	白居易	《寄韜光禪師》	東澗水流西澗水，南山雲起北山雲。〔註154〕	結夏小參
12	張籍	《薊北旅思》	長因送客（人）處，憶得別家時。〔註155〕	上堂
13	趙師民	斷句	麥秋晨氣潤，槐夏午陰清（涼）。〔註156〕	結夏小參
14	鄭獬	《月波樓》	夜（野）色更無山隔斷，天光直與水相通。〔註157〕	拈諸山疏
15	賈島	《憶江上吳處士》	秋風吹渭水，落葉滿長安。〔註158〕	指法座
16	王維	《終南別業》	行到水窮處，坐看雲起時。〔註159〕	上堂
17	高駢	《風箏》	又被風吹（移將）別調中〔註160〕	代別
18	戴叔倫	《客夜與故人偶集》	從教露草泣寒螿（露草泣寒螿，「泣」《全唐詩》作「覆」〔註161〕）	上堂
19	周賀	《長安送人》	空將未歸意，說與欲行人。〔註162〕	久雨不晴札上堂
20	王之渙	《登鸛雀樓》	欲窮千里目，更上一層樓。〔註163〕	無學長老豫修，徒弟固維那請小參
21	薛能	《風詩》	就地撮將黃葉去，入山推出白雲來。〔註164〕	舉古

〔註154〕謝思煒撰：《白居易詩集校注》（第6冊），北京：中華書局，2006年，第2908頁。

〔註155〕（唐）張籍著，李冬生注：《張籍集注》，合肥：黃山出版社，1989年，第88頁。

〔註156〕（宋）陳元靚撰，許逸民點校：《歲時廣記》，北京：中華書局，2020年，第65頁。

〔註157〕《全宋詩》（第10冊），北京：北京大學出版社，1992年，第6864頁。

〔註158〕齊文榜校注：《賈島集校注》，北京：人民文學出版社，2001年，第218頁。

〔註159〕（唐）王維著，（清）趙殿成箋注，白鶴校點：《王維詩集》，上海：上海古籍出版社，第54頁。

〔註160〕《全唐詩》（第9冊）（增訂本），1999年（2013年重印），第6979頁。

〔註161〕《全唐詩》（第5冊）（增訂本），1999年（2013年重印），第3068頁。

〔註162〕《全唐詩》（第8冊）（增訂本），1999年（2013年重印），第5768頁。

〔註163〕《全唐詩》（第4冊）（增訂本），1999年（2013年重印），第2841頁。

〔註164〕《全唐詩》（第15冊）（增訂本），1999年（2013年重印），第11381頁。

22	杜荀鶴	《聞子規》	啼得血流無用處，不如緘口過殘春。〔註165〕	舉古
23	羅隱	《柳》	惱（繞）亂春風卒未休〔註166〕	了庵和尚赴靈巖進發上堂
24	白居易	《長恨歌》	上窮碧落下黃泉〔註167〕	水陸升座

釋子詩：

序號	作　者	詩　題	詩　句	說法形式
1	布袋	《無題》	彌勒真彌勒，分身百千億。時時示時人，時人自不識。〔註168〕	上堂
2	釋宗杲	《偈頌一百六十首·其五》	衝開碧落松千丈，截斷紅塵水一溪。〔註169〕	上堂
3	東林和尚	《東林頌》	芍藥花開菩薩面，棕櫚葉散夜叉頭。〔註170〕	上堂
4	泐潭擇明	《無題》	誰家別館池塘裏，一對鴛鴦畫不成。〔註171〕	施主請上堂
5	寒山	《若人逢鬼魅》	蚊子上鐵牛，無你下嘴處。〔註172〕	聖節上堂
6	釋曇華	《頌古十首·其一》	無事晚來江上望〔註173〕	上堂
7	釋正覺	《頌古二百零五首·八十八》	平生肝膽向人傾，相識猶如不相識。〔註174〕	中夏上堂
8	無名	無題	白鷺下田千點雪，黃鸝樹上一枝花。〔註175〕	上堂

〔註165〕《全唐詩》（第10冊）（增訂本），1999年（2013年重印），第8053頁。

〔註166〕（唐）羅隱著，雍文華校輯：《羅隱集》，北京：中華書局，1983年，第145頁。

〔註167〕謝思煒撰：《白居易詩集校注》（第2冊），北京：中華書局，2006年，第944頁。

〔註168〕（宋）普濟著，蘇淵雷點校：《五燈會元》，北京：中華書局，1984年，第123頁。

〔註169〕《全宋詩》（第30冊），北京：北京大學出版社，1998年，第19364頁。

〔註170〕（宋）賾藏主編集，蕭萐父等點校：《古尊宿語錄》，北京：中華書局，1994年（2020年重印），第966頁。

〔註171〕（宋）普濟著，蘇淵雷點校：《五燈會元》，北京：中華書局，1984年，第1307頁。

〔註172〕（唐）寒山著，項楚注：《寒山詩注》，北京：中華書局，2000年，第169頁。

〔註173〕《全宋詩》（第34冊），北京：北京大學出版社，1998年，第21671頁。

〔註174〕《全宋詩》（第31冊），北京：北京大學出版社，1997年，19766頁。

〔註175〕（宋）普濟著，蘇淵雷點校：《五燈會元》，北京：中華書局，1984年，第943頁。

9	釋勝	《頌古二十四首・其九》	披蓑倒笠千峰外,(「披蓑側笠千峰上」)引水遶疏五老前。〔註176〕	解夏小參
10	含曦	《酬盧全見訪不遇題壁》	鯨吞海水盡,露出珊瑚枝。〔註177〕	端午上堂
11	普安道禪師	《無題》	紅霞穿碧落,白日繞須彌。〔註178〕	解夏小參
12	貫休	《乾坤有清氣》	憶昔(在)東溪日,花開葉落時。幾擬以黃金,鑄作鍾子期。〔註179〕	上堂
13	處默	《聖果寺》	到江吳地盡,隔岸越山多。〔註180〕	法座
14	齊己	《春寄尚顏》	簷聲未斷前宵(旬)雨,電影還連後夜雷。〔註181〕	當晚小參
15	廓庵師遠	《無題》	雲在嶺頭閑不徹,水流澗底太忙生。〔註182〕	上堂
16	釋宗杲	《偈頌十四首・其七》	無風荷葉動,必(決)定有魚行。〔註183〕(按:南宋釋師觀《偈頌七十六首・其八》亦有此句)	上堂
17	永嘉玄覺	《證道歌》	一月普現一切水,一切水月一月攝。〔註184〕	中秋上堂
18	船子德誠	《無題》	釣竿斫盡重栽竹,不計功程便得休。〔註185〕	上堂
19	王梵志	《梵志翻著襪》	梵志翻著襪〔註186〕	上堂
20	貫休	《旅中懷孫路》	一片月生海,幾家人上樓。〔註187〕	解夏小參

〔註176〕《全宋詩》(第29冊),北京:北京大學出版社,1998年,18492頁。
〔註177〕《全唐詩》(第12冊),增訂本,1999年(2013年重印),第9357頁。
〔註178〕(宋)普濟著,蘇淵雷點校:《五燈會元》,北京:中華書局,1984年,第971頁。
〔註179〕陸永峰著:《禪月集校注》,成都:巴蜀書社,2006年,第24頁。
〔註180〕《全唐詩》(第12冊)(增訂本),1999年(2013年重印),第9679頁。
〔註181〕王秀林著:《齊己詩集校注》,北京:中國社會科學出版社,2011年,第476頁。
〔註182〕(宋)普濟著,蘇淵雷點校:《五燈會元》,北京:中華書局,1984年,第1325頁。
〔註183〕《全宋詩》(第30冊),北京:北京大學出版社,1998年,第19415頁。
〔註184〕《大正藏》(第48冊),第395~396頁。
〔註185〕(宋)普濟著,蘇淵雷點校:《五燈會元》,北京:中華書局,1984年,第275頁。
〔註186〕王梵志著,項楚校注:《王梵志詩校注》(增訂本),上海:上海古籍出版社,2010年,第651頁。
〔註187〕陸永峰著:《禪月集校注》,成都:巴蜀書社,2006年,第161頁。

21	含曦	《酬盧仝見訪不遇題壁》	海神知貴不知價，留向人間光照夜。〔註188〕	龍翔曇芳和尚遺書至上堂
22	釋重顯	《頌一百則》	令人常憶李將軍，萬里天邊飛一鶚。〔註189〕	雲溪講主至上堂
23	寒山	《手筆大縱橫》	可來白雲裏，教你（爾）紫芝歌。〔註190〕	除夜小參
24	南唐失名僧	《月》	此夜一輪滿，清光何處無。〔註191〕	中秋上堂
25	齊己	《寄盧岳僧》	天際雪埋千丈（片）石，洞門凍折數（幾）株松。〔註192〕	諸山至上堂
26	法演禪師	《投機偈》	山前一片閑田地，叉手叮嚀問祖翁。幾度賣來還自買，為憐松竹引清風。〔註193〕	示眾
27	智鑒禪師	無題	一夜落花雨，滿城流水香。〔註194〕	舉古
28	東林和尚云門庵主	《頌古》	今日煙波無可釣，不須新月更為鉤。〔註195〕	舉古
29	趙州從諗	《十二時歌·日昳未》	料想上方兜率宮，也無如此日炙背。〔註196〕	初冬回寺上堂

此外，楚石語錄中記載其上堂：「大樹大皮裏，小樹小皮纏。若不同床睡，焉知被底穿。」〔註197〕此詩的源頭當為王梵志《大皮裏大樹》：「大皮裏大樹，小皮裏小木。生兒不用多，了事一個足。省得分田宅，無人橫煎蹙。但行平等心，天亦念孤獨。」〔註198〕王梵志詩中強調平等心而楚石梵琦之詩重視宗教

〔註188〕《全唐詩》（第12冊）（增訂本），1999年（2013年重印），第9357頁。

〔註189〕《全宋詩》（第3冊），北京：北京大學出版社，1991年，第1694頁。

〔註190〕（唐）寒山著，項楚注：《寒山詩注》，北京：中華書局，2000年，第59頁。

〔註191〕《全唐詩》（第12冊）（增訂本），1999年（2013年重印），第9694頁。

〔註192〕王秀林著：《齊己詩集校注》，北京：中國社會科學出版社，2011年，第338頁。

〔註193〕（宋）普濟著，蘇淵雷點校：《五燈會元》，北京：中華書局，1984年，第1240頁。

〔註194〕（宋）普濟著，蘇淵雷點校：《五燈會元》，北京：中華書局，1984年，第920頁。

〔註195〕（宋）賾藏主編集：《古尊宿語錄》，北京：中華書局，1994年，第931頁。

〔註196〕（宋）賾藏主編集：《古尊宿語錄》，北京：中華書局，1994年，第251頁。

〔註197〕（元）梵琦著，于德隆點校：《楚石梵琦全集》，北京：九州出版社，2017年，第24頁。

〔註198〕（唐）王梵志著，項楚校注：《王梵志詩校注》（增訂本），上海：上海古籍出版社，2010年，第636頁。

踐履。王梵志此詩影響較大，為後世僧人頻頻引用項。楚先生指出「《老學庵筆記》卷三：僧行持，明州人，有高行而喜滑稽。嘗住餘姚法性，貧甚。有頌曰『大樹大皮裹，小樹小皮纏。庭前紫荊樹，無皮也過年。』《五燈會元》卷一五藥山彝肅禪師：『僧問：『佛未出世時如何？』師曰：『大樹大皮裹。』曰：『出世後如何？』師曰：『小樹小皮纏。』《說郛》（項注：商務本）卷三五宋龔頤正《續釋常談》：『大唐鄭谷詩曰：大樹大皮纏，小樹小皮裹。庭前紫薇樹，無皮也得過。』《古尊宿語錄》卷四〇《雲峰悅禪師初住攉巖語錄》：『問：如何是和尚家風？』師云：『大木大皮裹。』進云：『忽遇客來，將何只待？』師云『小木小皮纏。』……《通俗編・識餘》變古：『《普燈錄》藥山彝肅云：『大樹大皮纏，小樹小皮裹。』今變之曰：『走盡天邊路，沒有皮寬樹』」。〔註199〕由於此詩流變複雜，楚石梵琦究竟引用何人之詩較難斷定，從押韻與句數上看似為對行持詩頌的翻案。

楚石梵琦乃元明之際的佛教文學名家，他既能積極繼承前代僧俗詩人的文學遺產，又能觸景生情、借題發揮，以即興創作詩歌的善巧方便啟迪學僧，可謂寓教於樂，可稱之為「楚石詩」。

楚石詩：

序號	詩　題	詩　句	說法形式
1	《無題》	今朝正月半，燈月光撩亂。目前無一物，打鼓普請看。	元宵上堂
2	《無題》	百千諸佛但聞名，國土從來作麼生？黃鶴樓中詩一首，任教今古競頭爭。	施主莊佛上堂
3	《無題》	金毛獅子喋狗屎，雪白象王推磨驢。直下不生顛倒見，九旬無欠亦無餘。	結夏小參
4	《無題》	傑出叢林是翠岩，舌元不動為誰談。如今且喜眉毛在，鐵額銅頭總未諳。	解夏小參
5	《無題》	二月十五中春節，紅花白花相間發。金棺不獨示雙趺，花裏靈禽更饒舌。	佛涅槃日上堂
6	《無題》	常抃白日尋花巷，盡把黃金作酒錢。翻著襴衫高拍手，大家齊唱太平年。	冬至上堂
7	《無題》	拈卻東山水上行，薰風殿閣生微涼。住山不費纖毫力，自有人提折腳鐺。	結夏小參

〔註199〕（唐）王梵志著，項楚校注：《王梵志詩校注》（增訂本），上海：上海古籍出版社，2010年，第636～637頁。

8	《無題》	同歲老人分夜燈，這頭點著那頭明。從來不借他人口，切忌如何作麼生。	除夜小參
9	《無題》	蓋天蓋地一句子，馬師盡力提不起。好笑青原接石頭，逢人但問廬陵米。	結夏小參
10	《無題》	四山相逼時，無路趙州老。黃葉落紛紛，一任秋風掃。〔註200〕	舉古

注：表中詩人及其詩句出現的順序依楚石語錄中的出現的前後為準

　　由以上表格可以發現，楚石梵琦引用最多的詩歌為釋子詩，引用詩歌的場景多為上堂與小參說法。此外，在說法時楚石禪師亦會即興創作詩歌。在楚石禪師說法語錄引用的文人詩中，白居易詩被多次引用，原因可能在於白詩通俗曉暢、人盡皆知，又易為學僧理解，即楚石所謂「白雪陽春雖唱得，爭耐時人和不得」〔註201〕，亦符合漢傳佛教語言觀中通俗易懂與隨機應變的基本原則。〔註202〕在楚石引用的釋子詩中，釋宗杲的詩常被引用與楚石的臨濟宗楊岐派妙喜系的身份有關。

　　楚石梵琦對前人詩歌的傳播接受類型有單篇完整型、單篇摘句型、單篇活用型三種。楚石單篇完整引用詩歌如其解夏小參：

　　　　僧問如何是先照後用？師云：「擘開太華連天色，放出黃河到海聲。」……。復舉外道問世尊：「昨日如何說法？」尊云：「說定法。」外道云：「今日說何法？」尊云：「說不定法。」外道云：「因什麼昨日定，今日不定？」尊云：「昨日定，今日不定。」師頌云：「行盡江南數十程，曉風殘月入華清。朝元閣上西風急，都入長楊作雨聲。」〔註203〕

學僧請問楚石禪師如何是臨濟四照用，楚石在解釋後，老婆心切地又為學僧舉出外道問世尊的公案，最後引用杜常《華清宮》詩為學人闡釋只要能「直須辨主」，不被聲色迷惑，「曉風殘月」、閣上西風皆是「本地風光」。

〔註200〕 楚石禪師詩歌出自（元）梵琦著，于德隆點校：《楚石梵琦全集》，北京：九州出版社，2017年，第8、12、21、32、39、45、57、73、79、160頁。

〔註201〕 （元）梵琦著，于德隆點校：《楚石梵琦全集》，北京：九州出版社，2017年，第165頁。

〔註202〕 李小榮：《漢傳佛教的語言觀及其對變文文體生成的影響》，載李氏著：《佛教與中國文學散論——夢枕堂叢稿初編》，南京：鳳凰出版社，2012年，第253〜268頁。

〔註203〕 （元）梵琦著，于德隆點校：《楚石梵琦全集》，北京：九州出版社，2017年，第61頁。

　　楚石說法語錄中引用詩歌的單篇摘句型可分為兩類，一是雙句聯用型，一是單句摘引型。楚石語錄中的雙句聯用型如：

　　　　上堂：「祖禰不了，殃及兒孫。壽山無端走入水牯牛隊裏，牽犁

　　　拽耙，與你諸人抵債。還有人相救麼？若有，不妨出來道看。如無，

　　　釣竿斫盡重栽竹，不計功程便得休。」〔註204〕

楚石禪師為讓學人領悟禪法，即便自己進入畜生道也在所不惜。楚石試探學僧是否懂得「言語去道轉遠」的道理，如果懂得，便要如船子德誠詩歌中說的那樣去精勤修行。

　　單句摘引型意為楚石禪師說法時只引用詩歌中的一句，如楚石代別：

　　　　韓侍郎與肇論主茶次，乃問：「聞座主講得《肇論》，是否？」主

　　　云：「不敢。」韓云：「有物不遷義，是否？」主云：「是。」韓乃撲破

　　　盞云：「這個是什麼義？」主無對。代云：「又被風吹別調中。」〔註205〕

楚石禪師的代別中引用了晚唐高駢的《風箏》詩中「又被風吹別調中」句，為單句摘引。高詩此句前句為「依稀似曲才堪聽」。李豔琴指出：「（依稀似曲才堪聽，又被風吹別調中）此語分別之用，表達的是此語整體之義，均是言學人前句尚可，後句不行。」〔註206〕楚石意為韓侍郎所持僧肇的「物不遷義」是正確的，但不應該為現象界中的聲色迷惑。

　　楚石梵琦上堂說法引用詩歌的類型也涉及到單篇活用型中的局部活用型，即改動原詩詩句。楚石上堂說：

　　　　秋風涼，秋夜長，天河無起浪，月桂不聞香。耳到聲邊聲到耳，

　　　從教露草泣寒螿。〔註207〕

楚石在上堂說法時將戴叔倫五言詩《客夜與故人偶集》中「露草泣寒螿」改為七言詩句「從教露草泣寒螿」，從而使得說法靈活自如。本是秋風淅瀝瀟灑、奔騰砰湃，雲浪翻滾，月桂飄香，露草叢中寒螿聲聲，可在禪僧梵琦的眼中萬象變動中自有如如不動的佛性。

〔註204〕（元）梵琦著，于德隆點校：《楚石梵琦全集》，北京：九州出版社，2017年，
　　　　第69頁。

〔註205〕（元）梵琦著，于德隆點校：《楚石梵琦全集》，北京：九州出版社，2017年，
　　　　第128頁。

〔註206〕李豔琴著：《禪宗語言話語體系研究》，成都：巴蜀書社，2020年，第133頁。

〔註207〕（元）梵琦著，于德隆點校：《楚石梵琦全集》，北京：九州出版社，2017年，
　　　　第99頁。

　　楚石引用詩歌說法的語境可分為觸景生情與借題發揮兩種類型。由文中所列楚石引詩表格中可知，其多在民族傳統節日（如中秋、端午、除夕、元宵等）、佛教節日（如佛涅槃日、浴佛節）、佛教修行活動（如夏安居、小參等）說法時引詩。如楚石在夏安居的第一日結夏上堂說：

　　　　今日結也，憍陳如尊者領眾歸堂。缽盂口向天，露柱腳踏地。
　　一要掃刮床帳，防備蚊蟲。二要曬眼蒲團，免教搭濕。三要熱時揮
　　扇，困時打眠。切不得將禪道佛法，貼在額尖上。靈龜負圖，自取
　　喪身之兆。九十日內作麼生？薰風自南來，殿閣生微涼。〔註208〕

楚石禪師在結夏日上堂說法，除叮嚀僧侶打掃房間、晾曬衣物等基本事項外，還告誡學人在夏安居其間不要心存法執。禪道佛法不離日常，饑食困眠、避暑乘涼，任運隨緣。若能體悟道在日用，那麼炎熱夏季自有清涼風來。楚石梵琦在結夏說法開示學人時觸景生情，引用唐人詩句繞路說禪。

　　第二類語境為借題發揮型，如楚石禪師曾上堂說法：

　　　　舉祖師道：「在胎名身，處世名人。在眼曰見，在耳曰聞。在鼻
　　嗅香，在舌談論。在手執捉，在足運奔。遍現俱該法界，收攝在一
　　微塵。識者知是佛性，不識喚作精魂。」師（楚石）云：「書頭教娘勤
　　作息，書尾教娘莫瞌睡。還識娘面目麼？『玉容寂寞淚闌干，梨花
　　一枝春帶雨』喝一喝。」〔註209〕

楚石此次說法在字面上用「娘面目」引申出對女性容貌的想像，實則以「娘面目」借題發揮巧妙地暗指修行者的「本來面目」。楚石為防止學人膠著文字，故意引用白居易詩句「誤導」學人，又大聲一喝，隨說隨掃。〔註210〕

　　楚石梵琦頻頻借詩說禪使其語錄的文學性增強，即「詩為禪客添花錦」。楚石以詩說禪的原因有三方面：一是「唐音繚繞在禪林」的禪宗說法傳統；二是詩禪相通，禪宗強調通過使用「活句」遵守「不說破」的語言規則。詩的模糊性與象徵性與禪宗語言規則相符；三是楚石禪師良好的文學素養，楚石梵琦「七歲能書大字，詩書過目不忘（《楚石行狀》）」〔註211〕，其又為元明之際的

〔註208〕（元）梵琦著，于德隆點校：《楚石梵琦全集》，北京：九州出版社，2017 年，第 26 頁。

〔註209〕（元）梵琦著，于德隆點校：《楚石梵琦全集》，北京：九州出版社，2017 年，第 28 頁。

〔註210〕本文對楚石梵琦引詩說禪的分析參考了李小榮：《唐音繚繞在禪林——論唐詩名篇在叢林的傳播與接受》，《文學遺產》，2016 年第 1 期，第 63～71 頁的

〔註211〕（元）梵琦著，于德隆點校：《楚石梵琦全集》，北京：九州出版社，2017 年，

佛教文學名家，曾創作《北遊詩》《和天台三聖詩》《西齋淨土詩》等一千多首。楚石禪師良好的文學素養使其自然而然「以文字而作佛事」〔註212〕。

　　以上就楚石語錄中的詩讚、偈頌、引用詩歌進行了詩歌方面的探究，可以窺見楚石禪師詩歌創作與詩歌接受的情況。若從文學方面探討，可以發現楚石語錄中更為豐富的礦藏。儒道經典方面如：「進云：『如何是聖人得一以治天下？』(《老子》) 師云：『一人有慶，兆民賴之』(《尚書·呂刑》)」，〔註213〕由此可以管窺楚石對《老子》《尚書》的接受；小說方面如：楚石上堂「爐韛之所多鈍鐵，良醫之門足病夫。不因柳毅傳書信，何緣得到洞庭湖」，〔註214〕藉此可以瞥見唐傳奇名篇《柳毅傳》在元代叢林的傳播情況等。楚石語錄中包含詩歌、儒家經典、唐傳奇等文學知識使其說法內容生動豐富，說法手段靈活多變，反映出元代禪林文化的豐富性。

　　需附帶說明一個問題，由袁行霈先生主編的面向21世紀課程教材《中國文學史》(第三版) 第四卷《明代文學·緒論》中引用了楚石語錄闡述明代的狂禪思想，「明代狂禪之風甚盛，他們強調本心是道，本心即佛，其他一切都是虛妄的，乃至佛祖、經義也是『屎窖子』，『只是個賣田鄉賬』，『總是十字街頭破草鞋』，可以『拋向錢塘江裏著』」。〔註215〕（按：此書注其出處為《楚石梵琦語錄》卷三《住嘉興路本覺寺語錄》、卷四《再住海鹽州天寧永祚禪寺語錄》、卷二《住杭州路鳳山大報國禪寺語錄》）楚石梵琦至元元年（1335）主持杭州鳳山路大報國禪寺、至正四年（1344）四月初八日開始主持嘉興路本覺寺、至正二十三年（1363）再次主持海鹽州天寧永祚禪寺。明太祖洪武元年是1368年，楚石梵琦在元明鼎革之際狂禪作風並不鮮明。因此，不宜使用楚石語錄證明明代的狂禪之風，晚明顏鈞、管志道、李贄等人的思想似更能說明問題。〔註216〕

第 344 頁。

〔註212〕（元）梵琦著，于德隆點校：《楚石梵琦全集》，北京：九州出版社，2017年，第 345 頁。

〔註213〕（元）梵琦著，于德隆點校：《楚石梵琦全集》，北京：九州出版社，2017年，第 90 頁。

〔註214〕（元）梵琦著，于德隆點校：《楚石梵琦全集》，北京：九州出版社，2017年，第 61～62 頁。

〔註215〕袁行霈主編：《中國文學史》(第四卷)，北京：高等教育出版社，2014年（2020年重印），第 8 頁。

〔註216〕可參閱趙偉著：《晚明狂禪思潮與文學思想研究》，成都：巴蜀書社，2007年版。

附論　《西齋和陶集》管窺

　　因陶淵明及其文學作品與佛教因緣頗深，他那愜意自在的田園生活與禪宗平等自由的農禪生活幾乎相同，故而楚石梵琦以陶淵明為知己進行庚和。至正十九年（1359），楚石梵琦在天寧永祚禪寺西齋創作了《西齋和陶集》，可以推測其和陶詩約 125 首，和陶賦 2 篇。楚石梵琦的和陶之作被《全元詩》《全元文》《楚石梵琦全集》所失收、誤首，可據葉盛《水東日記》可進行輯佚、勘誤。

　　在翻閱元明之際臨濟宗高僧楚石梵琦的相關文獻時，發現楚石大師的《和〈歸去來兮辭〉》《和〈閒情賦〉》兩篇佚文，為李修生先生主編的《全元文》（第39 冊，鳳凰出版社 2004 年）和于德隆先生點校輯佚的《楚石梵琦全集》（九州出版社，2017 年）所未收，又發現楚石梵琦的八首和陶詩與《西齋和陶集詩序》為《楚石梵琦全集》未收，而楊鐮先生主編的《全元詩》（第 38 冊，中華書局 2013 年）所收錄楚石梵琦和陶詩亦存在誤收等問題，現輯錄其和陶詩賦，以便研究者參閱。此外，袁行霈先生曾言「明代和陶形成另一個高潮，梵琦禪師……等，都有或多或少的和陶之作。元明之際梵琦禪師有《西齋和陶詩》一編，見於朱右《白雲稿》卷四《西齋和陶詩序》。《御選宋金元明四朝詩·御選明詩》卷三十五錄其《和淵明九日閒居詩》《和淵明新蟬詩》二首」〔註1〕可見楚石梵

〔註1〕 袁行霈：《論和陶詩及其文化意蘊》，《中國社會科學》，2003 年，第 6 期，第 153頁。鄧富華：《宋、元時代「和陶集」考略——歷代「和陶集」研究之一》（《九江學院學報》，2014 年第 1 期，第 5～10 頁）《明代和陶集考略》，（《重慶三峽學院學報》，2015 年第 2 期，第 58～61+66 頁）兩篇文章均未提及楚石和陶詩。左東嶺在《文學評論》2022 年第 1 期發表《元末明初和陶詩的樣貌特徵與詩學觀念——浙東易代之際文學思想演變的一個側面》（第 69～80 頁），左氏文章仍以鄧富華的研究為基礎，職是之故，楚石的《西齋和陶集》又不幸被二人忽略。

琦曾有和陶集刊刻流行，結合明人葉盛《水東日記》的相關記載，可窺探與推測《西齋和陶集》的原貌。

一、創作背景與動機

臨濟宗高僧楚石梵琦不僅創作和陶詩賦，而且創作數量頗多，曾結集刊刻流傳於世。作為僧人的楚石梵琦為何推崇嗜好飲酒的陶淵明？其中的原因令人好奇。閱讀相關文獻後，發現楚石禪師崇陶的原因有以下幾點：陶淵明及其詩文與佛教的關係、佛徒崇陶的傳統、陶淵明作為歷史人物形象的文化意蘊。當然，「追和」這種文學創作活動的特徵也是楚石禪師和陶的原因所在，「追和」具有以古人為知己的親切感，與自由揮灑、表現個性的空間。〔註2〕

陶淵明受到儒、釋、道三教的影響，其思想以儒家為主，又沾染佛、道二教。陶淵明與佛教關係密切，《高僧傳》卷六記載陶淵明曾祖陶侃就曾與佛教結緣，「潯陽陶侃經鎮廣州，有漁人於海中見神光，每夕豔發，經旬彌盛。怪以白侃，侃往視，乃是阿育王像，即接歸，以送武昌寒溪寺」。〔註3〕晉宋之際，以釋道安的高足慧遠為核心的廬山佛教僧團發展繁榮、極具影響力，「彭城劉遺民、豫章雷次宗、雁門周續之、新蔡畢穎之、南陽宗炳、張萊民、張季碩等，並棄世遺榮，依遠遊止」〔註4〕，湯用彤先生認為：「則遠公風格學問，感人至深，在宋齊之世已然矣」。〔註5〕陶淵明不僅與高僧慧遠有來往，還與佛教居士劉遺民、周續之並稱「尋陽三隱」。陶淵明的部分作品體現出了「佛教玄學」，如其《歸去來兮辭》體現了魏晉「佛教玄學」人生觀，其哲學基礎為魏晉佛教的「本無空觀」。〔註6〕楚石本人也在其《和〈歸去來兮辭〉》中寫道「招彭澤以入社」，

〔註2〕 袁行霈：《論和陶詩及其文化意蘊》，《中國社會科學》，2003年，第6期，第150頁。

〔註3〕 （梁）釋慧皎撰，湯用彤校注，湯一玄整理：《高僧傳》，北京：中華書局，1992年，第213頁。

〔註4〕 （梁）釋慧皎撰，湯用彤校注，湯一玄整理：《高僧傳》，北京：中華書局，1992年，第214頁。

〔註5〕 湯用彤著：《漢魏兩晉南北朝佛教史》（增訂本），北京：北京大學出版社，2011年，第207頁。

〔註6〕 關於陶淵明及其詩文與佛教的關係本文參考丁永忠著：《陶詩佛音辨》，成都：四川大學出版社，1997年，第100～123頁。「梁啟超、游國恩、蕭望卿、劉大杰、朱光潛、李澤厚、羅宗強、丁永忠等先生」認為陶淵明親近佛教，「細讀《歸去來兮辭》的序與正文，可以發現它前後有不一致的地方，正文的歡快、急切之情，倒與《摩訶大明咒經》密說部分相似，加上前面所列《歸去來兮辭》

可見其對慧遠允許陶淵明破戒飲酒的傳說十分熟悉。〔註7〕

日本學者宮澤正順在《尊崇陶淵明的佛教徒們》中認為信仰佛教的文人顏延之、蕭統、陽休之與僧人釋僧亮、寒山和不少禪師以及日本五山文學家皆推崇陶淵明，奠定了陶在文學史上的地位。〔註8〕在佛徒崇陶的傳統中，僧人和陶這種獨特的文化現象最早出現於北宋，禪宗詩僧道潛、惠洪曾追和陶潛《歸去來兮辭》，拙庵宗師戒度亦追和淵明《歸去來兮辭》，佛教居士馮楫也作有《和〈淵明歸去來〉》等，僧人和陶這種文化現象一直持續到清朝。〔註9〕因此，可知和陶是佛教文學創作傳統之一，且集中在追和陶淵明的《歸去來兮辭》。楚石梵琦追和陶淵明之舉延續了佛教文學的傳統，從現存文獻看楚石和陶之作的數量在釋子中當為第一。

楚石梵琦追和陶淵明的重要原因是陶淵明具有的文化意蘊，即陶淵明悠然自得的田園生活、清高耿介的人格、回歸本性的精神追求。「古今隱逸詩人之宗」的陶淵明在田園詩上取得了無法超越的成就，「陶詩在中國詩歌史上佔有崇高的地位，這首先是由於高妙的田園詩」。〔註10〕陶淵明「高妙的田園詩」創作與他種豆南山、採菊東籬的田園生活息息相關。陶淵明這種悠然自得的田園勞作生活酷似禪宗農禪生活。〔註11〕楚石禪師參與的「上下均力」的「普請」內容多樣，如除草、栽松、觀稻等，現舉其栽松勞動生活場景如下：

《摩訶大明咒經》諸多的相同點，因此，我們有理由相信詩人創作該辭時借鑒過特定般若類經典的組織結構，並受其思想影響，只是有所改造和揚棄罷了」。以上內容參見李小榮著：《〈歸去來兮辭〉與〈摩訶般若波羅蜜大明咒經〉兼論〈歸去來兮辭〉對後世淨土、禪宗之影響》《宗教與中國文學散論：夢枕堂叢稿二編》，南京：鳳凰出版社，2013 年，第 56～76 頁。

〔註7〕丁永忠先生認為陶淵明因為慧遠堅持的宗教形式而不入蓮社，但頻遊廬山。具體內容可參閱丁永忠著：《陶詩佛音辨》，成都：四川大學出版社，1997 年，第 9～20 頁。

〔註8〕轉自丁永忠著：《陶詩佛音辨》，成都：四川大學出版社，1997 年，第 289～294 頁。

〔註9〕李小榮著：《〈歸去來兮辭〉與〈摩訶般若波羅蜜大明咒經〉兼論〈歸去來兮辭〉對後世淨土、禪宗之影響》《宗教與中國文學散論：夢枕堂叢稿二編》，南京：鳳凰出版社，2013 年，第 56～76 頁。

〔註10〕（晉）陶淵明著，龔斌校箋：《前言》《陶淵明集校箋》（修訂本），上海：上海古籍出版社，2019 年，第 9 頁。

〔註11〕「農禪發端於道信，開拓於弘忍，直到懷海，才將禪行與農作融合為一，並在制度上鞏固起來。此後禪宗的發展，在極大程度上取決於其與農禪結合的狀況」。杜繼文，魏道儒著：《中國禪宗通史》，南京：江蘇人民出版社，2007 年，第 274 頁。

　　師在壽山，一日栽松次，僧問：「這一片山，擬栽多少松？」師
云：「三十萬株。」僧云：「莫太多麼？」師云：「一一教他蓋天蓋地
去。」僧云：「昔年臨濟，今日壽山。」師云：「且得闍梨證明。」僧
云：「只如臨濟以鋤頭築地三下，黃檗道『吾宗到汝，大興於世』，為
復只記臨濟一人，為復瞳囑後嗣？」師云：「一點墨水，兩處成龍。」
僧云：「一與山門為景致，二與後人作標榜，和尚作麼生？」師豎起
鋤頭。僧云：「與麼則超出古人也。」師拋下鋤頭，便歸方丈。〔註12〕

正是楚石禪師與陶淵明相同的農田勞動生活，使其追和淵明《庚子歲五月中從
都還阻風歸規林・其一》，「靜念林園好，人間良可辭」句必讓他倍感親切，從
而崇尚陶淵明其人其詩。作為僧人的楚石梵琦對陶淵明清高耿介、不慕榮利、
忘懷得失的高尚人格相當尊崇，其《和〈九日閒居詩〉》云「閒居愛重九，使
我念陶生。但取杯中物，不貪身後名」，陶潛的崇高品格是其創作和陶詩文的
重要動力。陶淵明的作品具有解決人生苦難的哲學思考，強調回歸自然、回歸
本性，這與禪宗的山居修道「明心見性」是相通的。〔註13〕楚石禪師在以下詩
句中便表現出回歸自然與本性的精神追求，「田園自可樂，圭袞何足榮（《和〈九
日閒居詩〉》）」「陶潛初罷職，蘇軾未投簪。莫改麋鹿性，當懷煙嶂深（《真間
新蟬和〈和郭主簿前篇〉》）」「坐念十載前，奔走令心悲（《中夏示張養元和〈次
胡西曹示顧賊曹〉》）」。楚石梵琦二十八歲曾沿京杭大運河北遊大都（今北京），
之後又北遊至上都（今內蒙古），返回浙江後又「六坐道場」，飽經滄桑。因此，
陶詩中的回歸之音必然時時縈繞於自號為西齋老人的耳畔，使其有「莫此親
切」之感。

　　此外，楚石梵琦創作《西齋和陶集》的重要原因之一是楚石梵琦與陶淵明
二人皆經歷了王朝更替。在元朝滅亡後，楚石梵琦的心中曾十分矛盾糾結，是
傚仿陶淵明等先賢堅持氣節而隱逸西齋，還是積極與明王朝合作依國主而紹
隆佛教，如其《和〈閒情賦〉》中寫道「欲從今以變節，非學古之所欣」。楚石
梵琦雖與陶淵明選擇相反，但二者相似的人生經歷是其創作《西齋和陶集》不
可忽視的原因。

〔註12〕（元）梵琦著，于德隆點校：《楚石梵琦全集》，北京：九州出版社，2017 年，
　　　　第 123 頁。

〔註13〕李小榮著：《〈歸去來兮辭〉與〈摩訶般若波羅蜜大明咒經〉兼論〈歸去來兮辭〉
　　　　對後世淨土、禪宗之影響》《宗教與中國文學散論：夢枕堂叢稿二編》，南京：
　　　　鳳凰出版社，2013 年，第 56～76 頁。

　　楚石梵琦創作《西齋和陶集》專力和陶是其崇陶的典型表現，而楚石崇陶的另一方面則表現在其詩歌中屢次使用關於陶淵明的典故，現擇四例列之於下：

　　　　《陶生自荷鋤》：陶生自荷鋤，晚與五兒居。跡向東林近，心將上國疏。有田多種秫，無事好觀書。本絕功名念，臨淵不羨魚。〔註14〕

　　　　《何以御凶荒》：有米復有金，四海皆兄弟。〔註15〕

　　　　《層巒疊嶂勢難齊》：層巒疊嶂勢難齊，到頂方知世界低。鬱密深林藏鳥獸，蕭條古洞起雲霓。縱橫徑路從何入，來往遊人向此迷。仙境重重遮不見，漁舟錯怪武陵溪。〔註16〕

　　　　《與日本椿庭壽藏主送別偈》：倚牆高唱《歸去來》，古鏡重磨光透匣。〔註17〕

第二首《何以御凶荒》詩中「四海皆兄弟」句使用了陶潛《與子儼等疏》中的「然汝等雖不同生，當思四海皆兄弟之義」〔註18〕，可見楚石大師對陶淵明的詩文了熟於胸。佛教詩人楚石梵琦專力和陶與屢屢使用陶淵明典故的創作行為一方面說明了陶淵明其人其詩的永恆魅力，另一方面則證明在佛教中國化進程中從漢民族文化中汲取營養的史實。〔註19〕

二、輯佚與辨析

　　楚石梵琦創作和陶詩最早見於其法弟至仁撰寫的《楚石和尚行狀》：「師平日度人，或以文字而作佛事……又有和天台三聖詩、永明壽禪師山居詩、陶潛詩、林逋詩，總若干卷，並行於世（宋濂《佛日普照慧辯禪師塔銘》以至仁行

〔註14〕（元）梵琦著，于德隆點校：《楚石梵琦全集》，北京：九州出版社，2017 年，第 464 頁。

〔註15〕（元）梵琦著，于德隆點校：《楚石梵琦全集》，北京：九州出版社，2017 年，第 498 頁。

〔註16〕（元）梵琦著，于德隆點校：《楚石梵琦全集》，北京：九州出版社，2017 年，第 585 頁。

〔註17〕（元）梵琦著，于德隆點校：《楚石梵琦全集》，北京：九州出版社，2017 年，第 701 頁。

〔註18〕袁行霈撰：《陶淵明集箋注》，北京：中華書局，2011 年，第 364 頁。

〔註19〕正如李志夫先生所言：「佛教中國化有如一棵樹的移植，它的成活與成長，其根、幹、枝、葉是全面的。……佛教有如樹根，佛學有如樹幹，其文學、藝術有如枝葉，其產生之果實實是另一新的生命之延續，也就是佛教中國化了（《中華佛學學報》，第 8 期）。」轉自：張培鋒著：《宋代士大夫佛學與文學》，北京：宗教文化出版社，2007 年，第 8 頁。

狀為藍本，故宋氏之文茲不贅論）。」〔註20〕至仁在楚石行狀中所言的和陶潛詩便指楚石《西齋和陶集》。

楚石梵琦《西齋和陶集》的原貌如何呢？據現有文獻可知《西齋和陶集》包括序、和陶詩、和陶賦。明人朱右《白雲稿》卷四收錄《西齋和陶詩序》，茲引之如下：

> 詩者，發乎情也。情則無偽，故莫不適於正焉。古詩三百篇，其間邪正、憂喜、隱現雖不同，而溫柔敦厚之教無惑乎？後世聖人刪正之，且曰：「雅頌各得其所」，豈欺我哉？自夫王澤既息，《大雅》不作，郢《騷》之怨慕，《長門》之憂思，李陵、蘇少卿之離別，曹、劉、鮑、謝之風論亦足以傳誦者，各適其情而已爾。

> 陶淵明當晉祚將衰，欲仕則出。一不獲志，則幡然隱去。夫豈有患得失之意歟？其發於言也，情而不肆，澹而不枯。後之人雖極力仿傚，而不可得也，趣不同也。蘇子瞻方得志為政，固未始尚友淵明。逮其失意中更憂患，乃有和陶之作，豈其情也耶？

> 予嘗竊有憾焉，比客海昌，得琦禪師詩一編，曰《西齋和陶集》。讀盡數日，愛其命意措言，妥而不危，雋而不膚。若弗經思慮得者，有陶之風哉？蓋師少從名人，績學知道，凡四主大剎，未嘗容心。於出十年以來，恬退自處，居海鹽天寧寺之西齋。日討索佛書聖典，每有得，必心愉竟夕。道益精詣，不以榮辱得喪撓，其夫真為可尚也。已為其徒將鋟梓以傳，予因論次其說，為之序。禪師名梵琦，字楚石。〔註21〕

張菉庵對楚石梵琦《西齋和陶集》的內容有保存之功。明人葉盛《水東日記》記載了張菉庵與《西齋和陶集》的因緣：「張菉庵有《秋臺清話》未成卷，間見其短簡云：『景泰甲戌冬，予以考滿，便道東歸，養痾於郡城定惠寺，見玆上人（按楚石梵琦寫有《送玆侍者還里》，或許同為一人）望度上有舊書曰《雪庵長語》、曰《西齋和陶集》，皆蠹侵鼠食，編簡錯亂。取而閱之，惜其文之奇而將就湮泯也，錄其一二於左，以備遺忘云。」〔註22〕由此可見，正是張

〔註20〕（元）梵琦著，于德隆點校：《楚石梵琦全集》，北京：九州出版社，2017 年，第 345 頁。

〔註21〕（明）朱右撰：《白雲稿》（卷四），明初刻本，第 180～182 頁。

〔註22〕（明）葉盛：《水東日記》（第十九卷），清康熙刻本，第 93 頁。

氏的獨具慧眼使後世讀者得以看到《西齋和陶集》的豹之一斑。

現據葉盛轉錄張氏的記載將《西齋和陶集》中的詩賦列之於下：

1. 和陶詩八首

（1）《和〈九日閒居詩〉》

　　　　閒居愛重九，使我念陶生。但取杯中物，不貪身後名。季秋霜始降，向晚月初明。草際亂蟲語，林梢殘葉聲。疏籬采叢菊，小嚼扶衰齡。美酒既滿樽，一吟還一傾。田園自可樂，圭袞何足榮。貴賤各有志，好惡吾無情。所以君子懷，悠哉歲功成。（按：《全元詩》收錄此詩題為《和淵明〈九日閒居詩〉》）

（2）《居秦川正月初追念疇昔和〈遊斜川詩〉》

　　　　日月更出入，何時得番休。古人厭長夜，常欲秉燭遊。散亂北歸翼，蒼茫東逝流。輕颷撫海霧，遠景分沙鷗。適野見漁樵，杖藜赴林丘。群松何錯落，乃與雜蔓儔。譬彼丈夫雄，兒女相互酬。欲立冰雪間，爾曹無愧否。陽春降德澤，草木解陰憂。但事食與眠，其他非我求。

（3）《和〈怨詩楚調示龐主簿鄧治中〉》

　　　　淵明性嗜酒，燭理本昭然。楚調豈懷憂，宋詩猶紀年。明微性有在，造物初無偏。均彼雨露功，異此肥磽田。龐鄧又相知，往來同故廛。論文終朝樂，枕麴竟夜眠。但使名萬古，何須歲三遷。親朋滿中外，圖史散後前。時複寫我懷，陶泓染松煙。悲歌亦不惡，適意斯為賢。（按：《全元詩》中「斯」為「期」〔註23〕）

（4）《真間新蟬和〈和郭主簿前篇〉》

　　　　新蟬何處來？鳴我高槐陰。流水欲入屋，好風自開襟。床頭一束書，壁上三尺琴。琴以散哀樂，書以通古今。所幸車馬稀，非邀里人欽。虛名如北斗，有酒不能斟。縱洗鷦鶹耳，寧知鍾鼓音。陶潛初罷職，蘇軾未投簪。莫改麋鹿性，當懷煙嶂深。（按：《全元詩》此詩題為《和淵明〈新蟬詩〉》，「鷦鶹」作「爰居」，「陶潛初罷職」作「陶潛初解組」〔註24〕）

〔註23〕楊鐮主編：《全元詩》（第38冊），北京：中華書局，2013年，第413頁。

〔註24〕楊鐮主編：《全元詩》（第38冊），北京：中華書局，2013年，第338頁。

（5）《中秋有感和後篇》

　　　　皇天分四時，白露表佳節。最愛潭水清，猶如鏡容徹。蟾蜍出覆沒，絡緯聲欲絕。靜臥深夜起，仰觀眾星列。流水可嗟吁，附勢非俊傑。身即大患本，家無不死訣。且餐籬下菊，兼吸杯中月。（按：此詩《全元詩》題為《和淵明〈中秋有感〉》，又「家無不死訣」作「愧無長生訣」，前者更符合詩人身份〔註25〕）

（6）《中夏示張養元和〈次胡西曹示顧〉》

　　　　何人製團扇，為我邀涼颸。新竹已解籜，早蓮欲垂衣。高堂金博山，中篆碧縷微。款客稍進簞，呼童剩烹葵。灑然煩襟靜，覺次暑力衰。蕉葉映棐几，援毫一時揮。居閒不勝樂，見事無乃遲。坐念十載前，奔走令心悲。（按：《全元詩》此詩題為《中夏示張養元和次胡西曹示顧》，「中篆碧縷微」作「山中碧縷微」，「遲」作「違」。〔註26〕楚石梵琦此詩當為追和淵明《和胡西曹示顧賊曹一首》）

（7）《送董國賢任奉化州別駕和〈於王撫軍座送客〉》

　　　　滄江風露冷，綠野花草腓。天遠孤鳥沒，海深眾流歸。高賢少許可，盛德方瞻依。昨旦欣來聚，茲晨悵言違。直因山川近，良免徒馭悲。握手多交舊，名蕃借光輝。疲民望已深，別駕未可遲。簿領有餘暇，道路不拾遺。（按：《全元詩》錄此詩題為《送董國賢任奉化州別駕》，殘缺不全〔註27〕）

（8）《廣戌阻風和〈庚子歲五月中從都還阻風歸規林前篇〉》（內容亡佚）

　　《全元詩》第38冊雖收錄了釋梵琦的八首和陶詩，但編撰者似乎只意識到楚石《和淵明九日閒居詩》《和淵明中秋有感》《和淵明新蟬詩》為和陶詩，收錄於第338頁，而《送董國賢任奉化州別駕和〈於王撫軍座送客〉》收錄於第411頁，《居秦川正月初追念疇昔和〈遊斜川詩〉》《和〈怨詩楚調示龐主簿鄧治中〉》《中夏示張養元和〈次胡西曹示顧〉》《廣戌阻風和〈庚子歲五月中從都還阻風歸規林前篇〉》四首詩又收錄於第413頁，並且部分詩歌存在詩題不全的情況，詳見上文按語。

　　尤為重要的是，從葉盛的《水東日記》卷二十可以發現，張蒗庵謄寫楚石

〔註25〕楊鐮主編：《全元詩》（第38冊），北京：中華書局，2013年，第338頁。

〔註26〕楊鐮主編：《全元詩》（第38冊），北京：中華書局，2013年，第413頁。

〔註27〕楊鐮主編：《全元詩》（第38冊），北京：中華書局，2013年，第411頁。

《廣戍阻風和〈庚子歲五月中從都還阻風歸規林前篇〉》詩時誤將陶詩的內容
繫於楚石詩題下。明人葉盛沒有覺察到張氏的謄錄錯誤，《全元詩》在收錄釋
梵琦此詩時亦將錯就錯。我們為使問題昭然，現將《水東日記》中楚石《廣戍
阻風和〈庚子歲五月中從都還阻風歸規林前篇〉》列之於下：

> 自古歎行役，我今始知之。山川一何曠，巽坎難與期。崩浪聒
> 天響，長風無息時。久遊戀所生，如何淹在茲！靜念林園好，人間
> 良可辭。當年誰有幾，縱心復何疑。〔註28〕（按：《全元詩》中「誰」
> 作「詎」〔註29〕）

《全元詩》對於楚石梵琦的《西齋和陶集》也隻字未提。另外，楚石的《和〈九
日閒居詩〉》《居秦川正月初追念疇昔和〈遊斜川詩〉》皆無小序，而蘇軾的和
陶之作皆有小序，不知是楚石未寫，抑或張氏未錄，故而只能存疑。

2. 和陶賦兩篇（《全元文》《楚石梵琦全集》均未收錄）

（1）《和〈歸去來兮辭〉》

> 歸去來兮！至今丁年初得歸。山川鬱其在目，霜露慘以增悲。
> 登高臺以遠望，見飛鳥之相追。老舟舟而多病，眹濛濛而半飛。臨
> 滄浪以濯足，製荷芰以為衣。忘余身之固陋，究聖學之玄微。長江
> 東注，急景西奔。落葉掩地，寒風動門。齒剛斯毀，舌軟則存。嘉
> 此散木，鄙哉犧樽。縱眉斧以伐性，恃神藥而駐顏。肅遠賓而傲主，
> 家不知其所安。歷七日以來復，始一陽之閉關。積涓埃之近效，進
> 海嶽以暇觀。莊夢中而蝶化，丁華表而鶴還。古同風於丹穴，今異
> 俗於烏桓。歸去來兮！請集書而燕遊。文或繁而或寡，義余取而余
> 求。因翰墨以寫懷，樂簞瓢以忘憂。植春蔬於近圃，觀秋稼於平疇。
> 野人扶杖，童子命舟。覽煙雲之變態，弔草木之荒丘。水有源而難
> 竭，蘋無根而易流。何許由之耿介，傲唐堯以歸休。已矣乎！假令
> 千載終有時，金玉滿堂豈可留？正當委運隨所之，寒暑隨遷謝，去
> 來不失期。事道苗之蕃茂，等農事之耘耔。招彭澤以入社，擬寒山
> 而吟詩。齊大椿於朝菌，良自信而絕疑！〔註30〕

〔註28〕（明）葉盛：《水東日記》（第二十卷），清康熙刻本，第96頁。
〔註29〕楊鐮主編：《全元詩》（第38冊），北京：中華書局，2013年，第414頁。
〔註30〕（明）葉盛：《水東日記》（第二十卷），清康熙刻本，第94～95頁。

（2）《和正情賦》（即《和〈閒情賦〉》

若有思於明哲，表獨立以冠群。服蘭荃與蕙茝，芳酷烈其彌聞。恐嚴霜之早降，俾眾草之不芬。無長繩以繫日，矯壯志以凌雲。及芳馨之未衰，求矩矱而自勤。嗟王事之靡監，慨民徭之方殷。欲從今以變節，非學古之所欣。尚丹青之炳耀，賤黑白之糾紛。郁潛居而晝短，塊危坐而宵分。月色入戶，松聲滿軒。遊魚躍波，棲鳥在山。聊賦一章，或揮五弦。爐薰靜汎，燈火餘妍。儼神交於夢寐，應《易》象之文言。必中正而為吉，苟淫邪而作愆。勉純誠於終始，消悔吝於後先。神要渺而莫測，體虛徐而屢遷。夢春和而命駕，涉原野以尋芳；懼流連而不返，徇聲色之無央。夢朱夏而飲水，托花欀以庇身；懼余心之內熱，衣被污而求新。夢步月於秋郊，喜良友之隨肩；懼悲歡之沓至，猶薪火之交煎。夢玄冬而塞向，任沙礫以飄揚；懼玉妃之見欺，添青女之晨妝。夢楊舲於鉅海，問蟠木之春秋；懼波濤之洶湧，遵平陸而改求；夢祝融之故墟，繞衡嶽以迴旋；懼炎埃之眯目，中怳惕而難前。夢流沙之可度，指華夏以正東；懼身熱而首痛，驚壤隔而不同。夢大荒之遐裔，考金闕之幾楹；懼寒風之裂膚，並龍燭而失明。又升降於兩儀，曾不能以一握；忽睡覺而形開，竟天懸而地邈。如呂生之授枕，若昭氏之廢琴；野蒼茫而向曙，難寂寞而收音。索夢境而不得，妄纏綿於此心。吐陽光於東嶺，韜晦魄於西林。躅六慕之浮想，惜四時之分陰。啟生靈之大本，發曠古之幽襟。就深屬而淺揭，達枉尺而直尋。傷聖道之將絕，出蓬門而永歎。日逍遙以舒憂，歲荏苒以異顏。燕當去而逼社，雁初來而戒寒。送歸雲於隴首，迎落葉於林端。嗅岩菊以延佇，望沙鷗之往還。悼干戈而俗弊，空杼軸而財殫。洎流殍以相接，余何心而獨安？瞻鳳闕之九重，冀龍鱗之一攀。於時燕臺露冷，易水風淒。顧影踽踽，臨歧徘徊。庶寫情於金鏡，容抗論於玉階。必皇天之無私，惟蒼生之可哀。補袞衣之有闕，扶柱石之將摧。矧米鹽之細務，又何足以縈懷。慮虎豹之守關，待鳳凰之來過。鳳翔翔而遠引，乏舟楫以濟河。但含豪於草澤，徒灑淚於煙波。寄捫虱之遠韻，續飯牛之高歌。願時康而物阜，豈室邇而人遐。〔註31〕

〔註31〕（明）葉盛：《水東日記》（第二十卷），清康熙刻本，第95頁。

葉盛的記載可以肯定楚石梵琦至少庚和了陶淵明的詩與賦，又因為「明清兩代和陶有兩個突出的特點：……二是有些詩人專力和陶，幾乎是遍和陶詩」〔註32〕，從《西齋和陶集》的詩集名稱看，楚石梵琦應該是專力和陶，結合張葆庵當時的謄寫是「錄其一二」的選錄，再考慮到楚石梵琦曾全篇庚和天台三聖詩的創作經歷，可以肯定楚石梵琦是全篇庚和陶詩。袁行霈先生整理的《陶淵明集箋注》收錄陶潛詩賦的情況為：卷第一詩九首四言、卷第二詩二十九首、卷第三詩三十九首、卷第四詩四十八首（內一首聯句）、卷五辭賦三首，共計陶詩 125 首，陶賦 3 首。〔註33〕

《西齋和陶集》中楚石梵琦庚和之作的數量應與陶淵明集相同，又因為《歸園田居‧其六》《問來使》兩詩長期混入陶集中，也有可能為楚石梵琦庚和（如明人李賢便追和《歸園田居‧其六》《問來使》），故而可以推測《西齋和陶集》約有詩 127 首、辭賦 3 首。

楚石梵琦《西齋和陶集》的創作時間當為 1359 年左右（至正十九年，己亥），理由有二：一是楚石自號西齋老人的時間，《楚石和尚行狀》記載「己亥，有退休志。以海鹽天寧有山海之勝，遂築寺西偏以居，別自號西齋老人」；〔註34〕二是楚石《西齋淨土詩》的創作時間，據《楚石北遊詩‧楚石梵琦禪師年譜》可知《西齋淨土詩》創作於 1359 年。楚石又在《和〈歸去來兮辭〉》中說「擬寒山而吟詩」，因此，可知《西齋和陶集》的創作時間當稍後於《和天台三聖詩》。〔註35〕楚石梵琦《西齋和陶集》的創作地點是浙江海鹽天寧寺西，《天啟〈海鹽圖經〉》記載「西齋在天寧寺西偏，其北與西皆有水縈之，竹木叢生，境頗幽勝，琦師修西方、觀念佛、經行之處」。〔註36〕

〔註32〕 楊松冀：《前言》《蘇軾和陶詩編年校注》，北京：人民文學出版社，2016 年，第 14 頁。

〔註33〕 袁行霈撰：《目錄》《陶淵明集箋注》，北京：中華書局，2011 年，第 1～4 頁。

〔註34〕 （元）梵琦著，于德隆點校：《楚石梵琦全集》，北京：九州出版社，2017 年，第 345 頁。

〔註35〕 （元）楚石著，吳定中、鮑翔麟校注：《楚石北遊集》，杭州：浙江古籍出版社，2010 年，第 193～194 頁。

〔註36〕 （明）《天啟〈海鹽圖經〉》（卷三），明天啟四年刊本，第 258 頁。

結　語

　　本文擺脫以文人文學視域研究僧侶文學的窠臼，借鑒當前學界提出的佛教文學理念對楚石大師的詩歌進行論述。同時，對楚石梵琦相關文獻資料進行搜集、補充，使研究具備文獻基礎。結語部分筆者擬前往嘉興天寧永祚禪寺進行田野調查後撰寫，但因疫情影響遂未能成行，暫且據現有資料得出以下結論：

　　第一，楚石梵琦的佛教文學作品內容豐富、風格多樣，涉及多個佛教宗派思想。因此，其在中國佛教文學史上應有一席之地。現在學界已有學者承認、肯定楚石梵琦在佛教文學史上的地位，如孫昌武先生在《中華佛教文學史》中說「明代的楚石梵琦、天界宗泐……他們的有些篇章比起同時世俗詩人的作品亦未肯多讓，在詩壇佔有一定的地位」〔註1〕，孫先生之評價十分中肯。

　　第二，僧人楚石梵琦的作品不乏抒發個人情感之作（含佛家的悲憫之情），但更多的是文字般若，以方便善巧，顯示佛法真如，從而教化眾生。正如宋代雲門宗明教大師契嵩在《雪之畫能清秀》中所言「禪伯修文豈徒爾，誘引人心通佛理。縉紳先生魯公輩，早躡清遊慕方外」〔註2〕。楚石梵琦本人在《我和寒山詩》中也夫子自道云：「法法皆現前，當空一輪日〔註3〕。」

　　第三，楚石梵琦對海鹽天寧永祚禪寺詩歌創作傳統的形成（集中在明代）

〔註1〕孫昌武著：《中華佛教文學史》，北京：中華書局，2021年，第319頁。
〔註2〕（宋）契嵩撰，鍾東、江暉點校：《鐔津文集》，上海：上海古籍出版社，2016年，第346頁。
〔註3〕（元）梵琦著，于德隆點校：《楚石梵琦全集》，北京：九州出版社，2017年，第544～545頁。

具有導夫先路之功。「以詩名者，永祚寺為多。明秀，姓王氏，嘗與處士朱樸、陳鑑結社，所調（謂）雪江和尚是也，後隱錢塘聖果山，更號石門山人，有《雪江集》一卷。戒襄，姓李氏，從文徵仲遊，能書，兼善蘭竹，有《平野集》二卷。四明沈明臣云：『永祚自國初楚石倡詩教，正嘉間有雪江者出，而平野襄公其耳孫也，然襄公前尚有文湛、永瑛，後有戒逸、斯德，而萬曆末年又有廣化者，尤攻詩。』」〔註4〕

第四，今後需對楚石梵琦進行綜合研究，原因在於一批新材料出現。正如金程宇先生的高足張天騏博士所言「日藏楚石梵琦文獻規模之大，在海外佛教典籍回流史上亦屬罕見」。〔註5〕前段時間，筆者從天寧永祚禪寺法師處得知，《西齋淨土詩》光緒九年版本從日本回歸寺院，這又為楚石梵琦研究提供了新信息。

另外，楚石梵琦曾創作《和林逋詩》，可能與林逋其人其詩與佛教關係密切有關。〔註6〕

在行文即將結束時，筆者想對楚石梵琦之佛教經典接受略作論述。楚石梵琦重視並精通佛典，即「不離文字」「通三藏」〔註7〕；他又能避免死於句下，即「不立文字」「一大藏教，只是個賣田鄉賬」〔註8〕。楚石梵琦重視、精通佛典表現在以下諸方面：一者，他曾在住持嘉興路本覺寺時購置藏經，《六會語錄》有《新贖藏經上堂》為證。二者，看經上堂，《六會語錄》中記載有《經會上堂》《看〈華嚴經〉上堂》《施主看〈楞嚴〉上堂》。三者，受邀參加《華嚴經》會，《六會語錄記載有《〈華嚴經〉會升座》《真如〈華嚴經〉會，鏐維那請小參》《慧明院〈華嚴經〉會，椿藏主請小參》《興化院〈華嚴經〉會，圭監院請小參》《海印蘭若〈華嚴經〉會，華月窗請普說》。四者，鼓勵僧人書寫佛經，《六會語錄》中有《入上人血書〈華嚴經〉跋》《血書〈蓮經〉跋》《書

〔註4〕（明）《（天啟）海鹽圖經》，卷十四，天啟四年刊本，第1194頁。楚石梵琦對海鹽天寧永祚禪寺詩歌傳統的影響及明秀等人詩作可參閱由海鹽縣政協文教衛體與文史委員會編撰的《海鹽天寧永祚禪寺》之《明秀等八位詩僧》。

〔註5〕張天騏：《元僧楚石梵琦研究的新材料與新視野——以日藏文獻為中心》，《元史及民族與邊疆研究集刊》（第三十九輯），2020年第1期，第114頁。

〔註6〕可參閱附錄《論佛教對林逋及其詩歌創作的影響》。

〔註7〕（元）梵琦著，于德隆點校：《楚石梵琦全集》，北京：九州出版社，2017年，第148頁。

〔註8〕（元）梵琦著，于德隆點校：《楚石梵琦全集》，北京：九州出版社，2017年，第109頁。

〈楞嚴經〉》。

　　我們要追問主張「如來涅槃心，祖師正法眼，衲僧奇特事，知識解脫門，總是十字街頭破草鞋，拋向錢塘江裏著」〔註9〕的楚石大師為何重視三藏經典？究其原因約有兩點：一是元代「尊教抑禪」政策的干預，《六會語錄》中有《聖旨看藏經上堂》，其中記載：

　　　　僧問：一封丹詔九天來，大地山河唱善哉。滿藏不知何所說，

　　青蓮華向口中開。奉詔旨看藏經，請禪師祝聖壽。

　　　　師云：一字是一歲。

　　　　進云：堆山積嶽知多少，共祝龍樓不盡年。

　　　　師云：爛葛藤。

　　　　……

　　　　復舉宋太宗皇帝因入寺，問僧云：「看什麼經？」僧云：「《仁王

　　護國經》。」帝云：「既是寡人經，因什麼落在卿手裏？」僧無對。

　　　　後來雪竇代云：「皇天無親，惟德是輔。」師云：若問永祚，但以頂

　　戴經云：萬歲！萬歲！〔註10〕

由此可見，元朝廷制定了為皇帝祝壽而讓僧人讀經的規定，也是「尊教抑禪」政策的一種反映。正如杜繼文、魏道儒二先生指出元朝廷「尊教抑禪」原因在於元王朝對南人的歧視、對自然經濟條件下的農業特徵不瞭解，尤其是不能容忍禪僧任性放狂。〔註11〕二是佛教禪教並重的傳統。〔註12〕楚石大師曾言「所以道：教是佛語，禪是佛意。誦佛語者須識佛意，識佛意者必通佛語。千差萬別，七綜八橫，辯才無礙底，說禪說教，如珠走盤。你看他華嚴下尊宿，圭峰和尚，他是個真悟底，曾著《禪源集》，和會禪講兩家云：『諸祖相承，根本是佛。況迦葉乃至鞠多，弘傳皆通三藏。』……未有講者毀禪，禪者毀講」。〔註13〕

〔註9〕　（元）梵琦著，于德隆點校：《楚石梵琦全集》，北京：九州出版社，2017年，第60頁。

〔註10〕　（元）梵琦著，于德隆點校：《楚石梵琦全集》，北京：九州出版社，2017年，第37～38頁。

〔註11〕　杜繼文，魏道儒著：《中國禪宗通史》，南京：江蘇人民出版社，2007年，第489頁。

〔註12〕　具體而言，由藉教悟宗、教禪一致、教禪一體等觀念構成，詳見方立天著：《中國佛教哲學要義》，北京：中國人民大學出版社，2012年，第900～904頁。

〔註13〕　（元）梵琦著，于德隆點校：《楚石梵琦全集》，北京：九州出版社，2017年，第148～149頁。

　　同時，通過翻閱《六會語錄》可以發現楚石大師精通華嚴，麻天祥先生說「梵琦也是推崇華嚴而主張禪教一致的，其數設華嚴經會以提倡其說」〔註14〕（按：從上文羅列的《華嚴經》會看，經會並非楚石梵琦舉辦，而是受邀參加）。楚石梵琦在「和會禪講」時並非將二者等量齊觀，而是視禪宗為重心，因他曾說「因華嚴大教，發明臨濟禪」〔註15〕。雖然楚石梵琦在倡導和會禪教重心在於禪宗，但從他數次受邀參加《華嚴經》會可知，楚石琦公對華嚴頗為精通。

　　楚石梵琦華嚴思想特色為何？楚石梵琦華嚴思想對其文學創作的影響表現在哪裏？筆者因學力所限，以俟來哲，或待來日。總之，楚石梵琦不僅需要綜合研究，更需會通研究。筆者才疏學淺，於文學佛學僅得恒河沙數之一而已。目前學界對宗教文學研究有所重視，海鹽天寧永祚禪寺也重視自身文化建設，相信今後教內教外在楚石梵琦研究方面必會有所創獲。最後要說的是，筆者學殖淺薄，辨思不足，論述難免謬誤，還請博雅君子，批評指教。

（注：論文內容曾刊於《法音》《逸思》《華林國際佛學學刊》《戒幢佛學》《宗教信仰與民族文化》，擬刊於《普陀學刊》《鑒真》《民俗與佛教》等雜誌書刊）

〔註14〕麻天祥著：《中國禪宗思想發展史》（修訂版），武漢：武漢大學出版社，2007年，第239頁。

〔註15〕（元）梵琦著，于德隆點校：《楚石梵琦全集》，北京：九州出版社，2017年，第150頁。

參考文獻

一、著作

C

1. 《禪與詩學》，張伯偉著，杭州：浙江人民出版社，1992 年。
2. 《禪月詩魂：中國詩僧縱橫談》，覃召文著，北京：生活・讀書・三聯書店，1994 年。
3. 《禪宗語言》，周裕鍇著，杭州：浙江人民出版社，1999 年。
4. 《禪史鉤沉：以問題為中心的思想史論述》，龔雋著，北京：生活・讀書・三聯書店，2006 年。
5. 《楚石北遊詩》，（元）楚石著，鮑翔鱗、吳定中校注，杭州：浙江古籍出版社，2010 年。
6. 《楚石梵琦全集》，（元）梵琦著，于德隆點校，北京：九州出版社，2017 年。
7. 《禪學思想史》，（日）忽滑谷快天著，宋立道譯，北京：中國社會科學出版社，2018 年。
8. 《禪宗語言話語體系研究》，李豔琴著，成都：巴蜀書社，2020 年。
9. 《禪宗寫作傳統研究》，祁偉著，北京：中華書局，2021 年。

D

1. 《敦煌佛教音樂文學研究》，李小榮著，福州：福建人民出版社，2007 年。
2. 《敦煌佛教文學》，鄭阿財著，蘭州：甘肅教育出版社，2010 年。

3. 《敦煌佛教律儀制度研究》（第二版），湛如著，北京：中華書局，2011 年。

F

1. 《佛經的文學性解讀》，侯傳文著，北京：中華書局，2004 年。
2. 《佛教與中國古典文藝美學》，蔣述卓著，長沙：嶽麓書社，2007 年。
3. 《佛學研究十八篇》，梁啟超著，南京：江蘇文藝出版社，2008 年。
4. 《法華經》，賴永海、王彬譯注，北京：中華書局，2010 年。
5. 《佛教中國文學論稿》，陳允吉著，上海：上海古籍出版社，2010 年。
6. 《佛教影響下的敦煌文學》，王志鵬著，北京：人民出版社，2021 年。

G

1. 《高僧傳》，（梁）釋慧皎撰，湯用彤校注，北京：中華書局，1992 年。

H

1. 《寒山詩注》，（唐）寒山著，項楚注，北京：中華書局，2000 年。
2. 《寒山詩集版本研究》，陳耀東著，北京：世界知識出版社，2007 年。
3. 《漢譯佛典文體及其影響研究》，李小榮著，上海：上海古籍出版社，2010 年。
4. 《寒山：一種文化現象的探尋》，崔小敬著，北京：中國社會科學出版社，2010 年。
5. 《漢魏兩晉南北朝佛教史》，湯用彤著，北京：北京大學出版社，2011 年。
6. 《漢譯佛典偈頌研究》，王麗娜著，北京：商務印書館，2016 年。
7. 《寒山詩在宋元禪林的傳播研究》，黃敬家著，臺北：學生書局有限公司，2016 年。

J

1. 《江南古佛：中峰明本與江南禪宗》，紀華傳著，北京：中國社會科學出版社，2006 年。
2. 《淨土三經》，弘學注，成都：巴蜀書社，2011 年。
3. 《晉唐彌陀淨土思想與信仰》，聖凱著，北京：中國社會科學出版社，2009 年。
4. 《淨土學論集》，釋印順著，北京：中華書局，2010 年。
5. 《淨土與禪》，釋印順著，北京：中華書局，2011 年。
6. 《淨土信仰》，弘學著，成都：巴蜀書社，2011 年。

7. 《揭傒斯全集》，（元）揭傒斯著，李夢生標校，上海：上海古籍出版社，2012 年。

8. 《戒律學綱要》，聖嚴著，北京：東方出版社，2019 年。

9. 《〈景德傳燈錄〉研究》，馮國棟著，北京：中華書局，2014 年。

10. 《金明館叢稿初編》，陳寅恪著，上海：上海古籍出版社，2020 年。

L

1. 《論語譯注》，楊伯峻譯注，北京：中華書局，1980 年。

2. 《莊子今注今譯》，陳鼓應注譯，北京：中華書局，1983 年。

3. 《歷代高僧詩選》，陳耳東編，天津：天津人民出版社，1996 年。

4. 《老子今注今譯》，陳鼓應注譯，北京：商務印書館，2003 年。

5. 《列朝詩集小傳》，（清）錢謙益，上海：上海古籍出版社，2008 年。

6. 《楞伽經》，賴永海主編，劉丹譯注，北京：中華書局，2010 年。

7. 《楞嚴經》，賴永海主編，劉鹿鳴譯注，北京：中華書局，2012 年。

M

1. 《明清佛教》，郭朋著，福州：福建人民出版社，1982 年。

2. 《明代佛教與政治文化》，周齊著，北京：人民出版社，2005 年。

N

1. 《涅槃經》，（北梁）曇元讖譯，林世田等點校，北京：宗教文化出版社，2001 年。

2. 《南朝佛教與文學》，普慧著，南京：江蘇人民出版社，2019 年。

Q

1. 《全元文》，李修生主編，南京：鳳凰出版社，2004 年。

2. 《全元詩》，楊鐮主編，北京：中華書局，2013 年。

R

1. 《日中文化交流史》，（日）木宮泰彥著，胡錫年譯，北京：商務印書館，1980 年。

S

1. 《詩品譯注》，周振甫譯注，南京：江蘇教育出版社，2006 年。

2. 《宋元禪宗史》，楊曾文著，北京：中國社會科學出版社，2006 年。

3. 《隋唐佛教史稿》，湯用彤著，北京：北京大學出版社，2010 年。

4. 《宋濂全集》，（明）宋濂著，黃靈庚編輯校點，北京：人民文學出版社，2014 年。

5. 《書史會要》，魏崇武主編，徐永明點校，北京：北京師範大學出版社，2016 年。

6. 《宋元時期的中日佛教文化交流：以浙江佛教為中心的考察》，張家成著，北京：中國社會科學出版社，2020 年。

7. 《僧詩與詩僧》，孫昌武著，北京：中華書局，2020 年。

T

1. 《壇經校釋》，郭朋校釋，北京：中華書局，1983 年。

2. 《陶詩佛音辨》，丁永忠著，成都：四川大學出版社，1997 年。

3. 《圖像與文本：漢唐佛經敘事文學之傳播研究》，李小榮著，福州：福建人民出版社，2015 年。

W

1. 《五燈會元》，（宋）普濟著，蘇雷淵點校，北京：中華書局，1984 年。

2. 《維摩詰經》，賴永海主編，高永旺譯注，北京：中華書局，2010 年。

3. 《文字禪與宋代詩學》，周裕鍇著，上海：復旦大學出版社，2017 年。

4. 《文心雕龍》，（南朝）劉勰著，范文瀾注，上海：華東師範大學出版社，2019 年。

Y

1. 《虞集全集》，（元）虞集著，王頲點校，天津：天津古籍出版社，2007 年。

2. 《元代大都上都研究》，陳高華、史衛民著，北京：中國人民大學出版社，2010 年。

3. 《袁桷集校注》，（元）袁桷著，楊亮校注，北京：中華書局，2012 年。

4. 《元代佛教史論》，陳高華著，上海：上海古籍出版社，2021 年。

Z

1. 《中國佛教文學》，（日）加地哲定著，劉衛星譯，秦惠彬校，北京：今日中國出版社，1990 年。

2. 《中國禪宗思想歷程》，潘桂明著，北京：今日中國出版社，1992 年。

3. 《中國禪宗與詩歌》，周裕鍇著，上海：上海人民出版社，1992 年。

4. 《中國禪宗思想發展史》（修訂版），麻天祥著，武漢：武漢大學出版社，2007 年。

5. 《中國禪宗通史》，杜繼文、魏道儒著，南京：江蘇人民出版社，2007 年。

6. 《中國淨土宗通史》，陳揚炯著，南京：鳳凰出版社，2008 年。

7. 《中國禪宗史》，釋印順著，北京：中華書局，2010 年。

8. 《中國佛教通史》，賴永海主編，南京：江蘇人民出版社，2010 年。

9. 《長老偈·長老尼偈》，鄧殿臣譯，合肥：黃山書社，2011 年。

10. 《中國佛教哲學要義》，方立天著，北京：中國人民大學出版社，2012 年。

11. 《中國禪宗書畫美學思想史綱》，皮朝綱著，成都：四川美術出版社，2012 年。

12. 《宗教與中國文學散論：夢枕堂叢稿二編》，李小榮著，南京：鳳凰出版社，2013 年。

13. 《支遁集校注》，張富春著，成都：巴蜀書社，2014 年。

14. 《藏漢佛教交流史》，朱麗夏著，北京：中國社會科學出版社，2018 年。

15. 《中印佛教文學比較研究》，侯傳文等著，北京：中華書局，2018 年。

16. 《中國古代北方民族與佛教》，孫昌武著，北京：中華書局，2020 年。

二、論文

B

1. 《〈北遊詩〉研究》，劉娉婷，江西師範大學碩士學位論文，2013 年。

2. 《北宋釋子與陶淵明》，成明明，《安徽大學學報》，2014 年第 5 期。

C

1. 《楚石梵〔キ〕筆「雪舟」二大字について》，玉村竹二，《Ars buddhica》，1951 年第 11 期。

2. 《從北印度到布里亞特：蒙古人視野中的旃檀佛像》，（法）沙怡然，《故宮博物院刊》，2011 年第 2 期。

3. 《楚石梵琦的禪淨雙修與〈西齋淨土詩〉創作》，吳光正，《社會科學戰線》2017 年第 7 期。

4. 《楚石梵琦「上京紀行詩」初探》，李舜臣，《民族文學研究》，2013 年第 6 期。

5.《從「禪門散聖」到「和合二仙」圖像藝術中寒拾形象的演變》，李舜臣，《宗教學研究》，2021 年第 4 期。

D

1.《敦煌本唐代淨土五會讚文與佛教文學》，張先堂，《敦煌研究》，1996 年地 4 期。

F

1.《梵琦楚石與日本、高麗僧人的交往》，鮑翔鱗，《東方博物》，2005 年第 4 期。

2.《佛教實踐、佛教語言與佛教文學創作》，吳光正，《學術交流》，2013 年第 2 期。

3.《佛教文學芻議》，普慧，《鄭州大學學報》，2007 年第 4 期。

4.《佛學與學佛：元儒黃溍佛教思想述論》，慈波，《宗教學研究》，2014 年第 4 期。

5.《梵琦援儒入佛思想研究》，楊力，陝西師範大學碩士學位論文，2018 年。

6.《梵琦禪師的禪淨觀》，劉昀，《法音》，2019 年第 1 期。

H

1.《寒山題材繪畫創作及演變》，崔小敬，《宗教學研究》，2010 年第 3 期。

2.《寒山研究的現狀與未來》，崔小敬，《第四屆寒山寺文化論壇國際和合文化大會論文集》，2010 年。

3.《寒山在明代叢林中的影響》，曹裕玲，江西師範大學碩士論文，2016 年。

J

1.《淨土三經的文學世界》，李小榮，《貴州社會科學》，2013 年第 6 期。

K

1.《擴大中國文學版圖　構建中國佛教詩學——〈中國佛教文學史編撰芻議〉》，吳光正，《哈爾濱工業大學學報》，2012 年第 3 期。

L

1.《論和陶詩及其文化意蘊》，袁行霈，《中國社會科學》，2003 年第 6 期。

2.《金元北方雲門宗初探——以大聖安寺為中心》，劉曉，《歷史研究》，2010 年第 6 期。

3. 《論佛教對林逋及其詩歌創作的影響》，齊勝利、崔小敬，《陰山學刊》，2022 年第 4 期。

4. 《論唐代天台三聖對元代禪林的影響——以語錄及禪畫為考察中心》，齊勝利、崔小敬，《法音》，2022 年第 5 期。

S

1. 《頌讚類文體》，吳承學、劉湘蘭，《古典文學知識》，2010 年第 1 期。

2. 《涉佛文體與佛教儀式——以像讚與疏文為例》，馮國棟，《浙江學刊》，2014 年第 3 期。

3. 《宋代僧人字說與道號序》，沈如泉，《世界宗教文化》，2022 年第 2 期。

X

1. 《雪舟號に関して》，熊谷宣夫，《美術研究》，1937 年第 63 期。

Y

1. 《一部關於元朝大都、上都和運河的真實記錄——讀初刊元〈楚石大師北遊詩〉》，鮑翔鱗，《世界宗教文化》，2008 年第 4 期。

2. 《元代中後期詩僧研究》，韋德強，中南大學，碩士學位論文，2010 年。

3. 《元代上京紀行詩論》，邱江寧，《文學評論》，2011 年第 2 期。

4. 《元代北遊風尚與上京紀行詩的繁興》，邱江寧，《文史知識》，2015 年第 11 期。

5. 《以詩證禪：仁山寂震〈廣寒山詩〉揭顯之三峰宗風》，張雅雯，《法鼓佛學學報》，2022 年第 30 期。

Z

1. 《讚體的演變及其所受佛經影響探討》，高華平，《文史哲》，2008 第 4 期。

2. 《宗教文學史：宗教徒創作的文學的歷史》，吳光正，《武漢大學學報》，2012 年第 2 期。

3. 《再議「中國佛教文學史」的建構》，蕭麗華，《臺大佛學研究》，2014 年第 28 期。

4. 《〈中國宗教文學史〉導論》，吳光正，《學術交流》，2015 年第 9 期。

5. 《中古佛教畜犬現象之探析》，李利安，黃凱，《西南民族大學學報》，2019 年第 7 期。

三、論文集

C

1. 《楚石禪師研究文集》，海鹽縣天寧佛教文化基金會，2017 年。

F

1. 《佛經文學研究論集》，陳允吉主編，上海，復旦大學出版社，2004 年。
2. 《佛經文學論集續編》，陳允吉主編，上海：復旦大學出版社，2011 年。

Z

1. 《〈中國宗教文學史〉編撰研討會論文集》，吳光正、高文強主編，哈爾濱：北方文藝出版社，2015 年。

附錄一　論佛教對林逋及其詩歌創作的影響

　　宋初詩人林逋與佛教關係密切，佛教思想對林逋的人生與詩歌產生重要影響。主要表現在林逋所處的時代南方佛教大興；林逋與三十二位詩僧、兩位佛教居士詩歌酬唱、密切交往，詩僧與居士成為其重要的社會交往對象。林逋詩歌創作在構思、題材等方面受到佛教影響，從僧俗對林逋藝術作品的評價亦可折射出其與佛教的關係淵源。

　　「唐代有了『逃禪』之名以後，自然也便繼軔有人，如宋代的林逋」〔註1〕。在宋代佛教各個宗派的界限逐漸模糊，僧人的思想多元複雜。禪宗得到發展，禪宗語錄流行於世，禪宗的頓悟思想廣泛流行，「明心見性」「即心即佛」，成佛不再需要特別多的清規戒律，佛教修行變得簡單易行，因此有相當多的文人士大夫親近佛教。

　　林逋，字君復，錢塘人。其祖父林克己曾擔任吳越王錢俶的通儒院學士。林逋是宋初重要的隱逸詩人，文學作品存世不多。詩歌三百零九首，句四聯，詞三首，此外遺文有《詩跋》《啟》《簡牘二首》。林逋少而好學，「其順物玩情為之詩，則平淡邃美，讀之令人忘百事也」〔註2〕，其詩歌創作被歸入「晚唐體」。兼擅書畫，隱居西湖孤山，品格高潔，有「梅妻鶴子」之美稱，在宋初

〔註1〕覃召文：《禪月詩魂：中國詩僧縱橫談》，北京：生活・讀書・新知三聯書店，1994 年，第 158 頁。

〔註2〕林逋，沈幼徵：《林和靖集》，杭州：浙江古籍出版社，2012 年，第 1 頁。本文引用林逋詩歌皆出於此集，之後不再注出。

詩壇頗有影響。近些年對於林逋的研究主要集中在林逋的生平與作品考證、林逋思想研究、林逋作品研究、林逋與宋初詩壇關係研究、林逋文學作品影響研究五個方面。對於林逋與佛教關係的研究只有李炳海先生《淨土法門盛而梅花尊——宋代梅花詩及其與佛教的因緣》一文有所提及。林逋及其詩歌整體創作與佛教的關係則尚無人論述。

一、林逋行蹤與佛教的關係

佛教在吳越國受到統治者的大力提倡，「錢鏐曰：『釋迦真身舍利塔，見於明州鄞縣，即阿育王所造八萬四千，而此震旦得十九之一也。』鏐造南塔以奉安」〔註3〕於此可見錢鏐對佛教的扶植。至林克己之時，錢俶崇佛比其祖父有過之而無不及，「夙知敬佛，慕阿育王造八萬四千塔，金銅精鋼，冶鑄甚工，中藏《寶篋印心咒經》，亦及八萬四千數，布散部內，以為填空。錢塘諸邑、西湖南北山諸剎相望，皆忠懿王之創立也。」〔註4〕錢俶大興土木建造佛塔佛寺，還從日本求寫佛經，「吳越錢氏多因海舶通信，《天台智者教》五百餘卷，有錄而多闕，賈人言日本有之，錢俶置書於其國王，奉黃金五百兩，求其寫本，盡得之，迄今天台教大布江左」。〔註5〕唐及五代十國時期，士大夫外修君子儒，內修菩提心的現象逐漸增多，林克己在吳越國崇佛的大背景下，會受到佛教思想的影響，從而勢必會影響林逋的思想。

林逋生於宋太祖乾德五年（967），卒於宋仁宗天聖六年（1028），而宋太祖趙匡胤建立北宋後取消後周的「廢佛令」，自己經常參拜佛寺。宋太宗親著《妙覺集》，「太宗太平興國初，有梵僧法賢、法天、施護三人，自西域來，雅善華音，太宗宿受佛記，遂建譯經院於太平興國寺」。〔註6〕宋太宗亦追諡六祖慧能為「大鑒真空禪師」。宋真宗著《崇釋論》《御製釋典法音集》《御注四十二章經》等經書。宋仁宗追諡六祖慧能為「大鑒真空普覺禪師」。北宋幾代統治者對於佛教大都積極提倡。佛教日益世俗化，居士佛教得到發展，眾多文

〔註3〕楊億：《楊文公談苑》《宋元筆記小說大觀》，上海：上海古籍出版社，2001年，第529頁。

〔註4〕志磐，釋道法：《佛祖統紀校注》，上海：上海古籍出版社，2012年，第263頁。

〔註5〕楊億：《楊文公談苑》《宋元筆記小說大觀》，上海：上海古籍出版社，2001年，480頁。

〔註6〕楊億：《楊文公談苑》《宋元筆記小說大觀》，上海：上海古籍出版社，2001年，529頁。

人與佛教結緣。如王安石、「三蘇」、黃庭堅等人。雖然歐陽修繼承韓、李的反佛思想，但佛教還是被不少的士大夫接受。梅堯臣在《林和靖先生詩集序》中寫道「其談道，孔孟也。其語近世之文，韓李也」，至於孫昌武先生在《禪思與詩情》中寫道「他（李翱）在崇儒反佛上與韓愈相合，因而宋人往往稱『韓、李』以與倡導古文中的『韓、柳』相照應」。〔註7〕而在此處「韓李」並稱明顯是指其詩文，孫昌武先生此處的觀點對探究林逋與佛教的關係是不適用的。

　　林逋早年的行蹤可分為從李建中學書、四明山居、曹州十年、江淮汴汜之遊、客臨江五個階段。林逋在年少時頗有入世之志，其在《淮甸南遊》中寫道：「幾許搖鞭興，淮天晚景中。樹森兼雨黑，草實著霜紅。膽氣誰憐俠，衣裝自笑戎。寒威敢相掉，獵獵酒旗風。」詩人年少之時也曾戎裝仗劍作俠客行。但難為世用，他在《旅館寫懷》中寫道：「垂成歸不得，危坐對滄浪。病葉驚秋色，殘蟬怕夕陽。可堪疏舊計，寧復更剛腸。的的孤峰意，深宵一夢狂。」詩人身懷用世之志，但剛腸耿直與世俗難以同流。當詩人羈旅漂泊，人生失意之時流連風景抑或親近宗教便是順其自然的事，他的《盱眙山寺》寫道：「下傍盱眙縣，山崖露寺門。疏鐘渡淮日，一徑入雲根。竹老生虛籟，池清見古源。高僧拂經榻，茶話到黃昏。」可證明林逋早年與僧人交往的詩作有《送遂良師遊天台》《送僧遊天台》《閔師天台見寄石枕》《歷陽寄金陵衍上人》《和朱仲方送然社師無為還曆陽》，其早年遊歷佛寺的詩作有《翠微亭・在金陵清涼寺》《臺城寺水亭》《山谷寺》《峽石寺》《舒城僧舍呈李仲宣文學》，在其早年遊歷期間還與僧俗結社酬唱，可見其在早年已受到佛教思想的濡染。

　　林逋中晚年隱居的杭州西湖一帶景色清幽，佛教發展蓬勃，距林逋生活年代不久的蘇轍在其詩作《偶遊大愚見餘杭明雅照師舊識子瞻能言西湖舊遊將行賦詩送之》寫道：「昔年蘇夫子，杖屨無不之。三百六十寺，處處題清詩」。〔註8〕杭州佛寺之多可見一斑，林逋隱居的西湖孤山鄰近靈隱寺、孤山寺等眾多名剎寶寺。「林逋隱居杭州孤山，常蓄兩鶴，縱之則飛入雲霄，盤旋久之，復入籠中。逋常泛小艇遊西湖諸寺」。〔註9〕在此人們往往注意的是林逋梅妻鶴子的優游生活，然從中亦可知林逋時常出入佛寺。歸隱時期是林逋詩歌創作

〔註7〕孫昌武：《禪思與詩情》，北京：中華書局，2020年，第186頁。
〔註8〕蘇轍，曾棗莊，馬德富：《欒城集》，上海：上海古籍出版社，2009年，第307頁。
〔註9〕林逋，沈幼徵：《林和靖集》，杭州：浙江古籍出版社，2012年，第183頁。

與佛教關係最為密切的時期。「那時候有一群山林詩人，有的出家做和尚——例如『九僧』，有的隱居做處士例如——林逋、魏野、曹汝弼等。」〔註10〕山林詩人群體因山林而形成趨近的創作風格。林逋隱居的西湖孤山景色如畫，高僧大德自然不在少數，如世稱「孤山法師」、著述甚豐、援儒入佛的釋智圓便是林逋近鄰。蘇轍的《和子瞻宿臨安淨土寺》中寫道：「四方清淨居，多被僧所佔。既無世俗營，百事得豐贍」〔註11〕可見林逋的隱居生活中佛教文化的滲透是普遍而切實存在的。

二、林逋交遊詩僧考

　　林逋創作詩歌不注意保存，而林逋詩集是由林大年拾掇整理的。現在的《林和靖集》自然難以完全的反映林逋及其創作全貌。但現存的三百多首詩歌還是能透露出些許消息。在詩集中其與詩僧酬唱之作、題僧畫詩、遊宿寺院的詩歌有六十九首。現據《林和靖集》統計出與林逋交遊的僧人有：遵式師（又稱慈師、慈公、慈雲大師）、虛白上人、然社師（又稱然上人、希社師、希然山人）、長吉上人、居昱師、思齊上人、機素、休復、聞義師（又稱聞義闍梨）、清曉闍梨、靈皎、法相大師、明上人、端上人、易從師（又稱易從上人、從上人）、文光師、中師、西山勤道人、衍上人、湛源大師、杲上人、性上人、淨惠大師、才上人、遂良師、善中師、大方師、西湖霽上人、希晝共計二十九人。

　　此外根據詩僧及其作品可知，還有三位僧人與林逋交往。「林逋《深居雜興六首》（卷一〇六）中便有『中有病夫披白搭，瘦行清坐詠遺篇』，『病夫』即為智圓（智圓撰有（《病夫傳》）。」〔註12〕此外還有一個佐證，在這句詩的上一聯是「門庭靜極霖苔露，籬援涼生嫋菊煙」可知詩人攀觸鄰居智圓的竹籬，看見同自己一樣常年患病的清瘦的詩僧智圓吟詠詩篇。智圓詩作有《君復處士棲大師夙有玩月泛湖之約予以臥病致爽前期因為此章聊以道意》，由詩題可知與林逋交往的僧人還有棲大師。另外惠崇在《林逋河亭》中寫道「古路隨崗起，秋帆轉斜浦」，還有《書林逸人壁》寫道「詩語動驚眾，誰知慕隱淪？水煙常似暝，林雪乍如春。薄酒懶邀客，好書愁借人。有時行藥去，忘

〔註10〕錢鍾書：《宋詩選注》，北京：人民文學出版社，2008 年第 11 頁。

〔註11〕蘇轍，曾棗莊，馬德富：《欒城集》，上海：上海古籍出版社，2009 年，第 88 頁。

〔註12〕劉亞楠：《釋智圓詩歌研究》，西南交通大學碩士論文，2011 年，第 43 頁。

卻戴紗巾」，〔註13〕惠崇如果沒有和林逋的密切來往，是不可能在詩中真切的書寫出林逋吝惜書籍卻又灑脫不羈、詩情橫溢的形象的。由此可知，與林逋交往的僧人總計三十二位。還有與林逋交往的兩位居士胡介、晉昌。

以上與林逋交往的大都是詩僧，而北宋詩僧的數量不在少數，在《楊文公談苑》中有「公常言，近世釋子多工詩，而楚僧惠崇、蜀僧希晝為傑出。其江南僧圓淨、夢真、浙右僧寶通、守恭、行肇、鑒徵、簡長、尚能、智人、休復，蜀僧惟鳳，皆有佳句」〔註14〕其中的希晝、休復、惠崇便是上文指出與林逋交遊的僧人。可以考證與林逋交遊的詩僧有智圓、希晝、惠崇、長吉上人、清曉闍梨、遵式六人，智圓（976～1022），字無外，號潛夫、中庸子，俗姓徐，錢塘人。屬於天台宗「山外派」，師從天台源清法師，溝通儒釋，曾居孤山瑪瑙院與林逋為鄰，有「孤山法師」之稱，文學著作有《閒居編》留世。希晝、惠崇屬於「九僧」。希晝，生卒年不詳，劍南人；惠崇，生卒年不詳，淮南人（一作建陽人），能詩能畫；收錄二人詩作的《九僧詩集》今已不存。長吉上人，「長吉，號梵才大師，天聖中，自台山館於輦寺，朝之名臣勝士，莫不欣揖其風，日至於室，參評雅道。被召入譯館，評正智者慈恩二教，及同編釋教總錄三十卷。七年書成奏御，賜紫方袍。慶曆間居台州嘉祐院。精浮圖書，復善騷雅。釋智圓與之交，得其辭而玩之。……（李注：林逋、梅堯臣等）《與梵才大師貼》（李注：《五百家播芳大全文粹》70／9下、10、12）」〔註15〕，由此可知長吉是與林逋、智圓皆有交往。清曉闍梨，寶雲旁出世家（二世），「承天清曉法師錢塘」〔註16〕。

遵式的資料相對完整，而沈幼徵校注的《林和靖集》只介紹遵式的姓、字、籍貫、法號、住持佛寺。後出的王玉超《林逋詩全集》根據《冷齋夜話》增加了其對王欽若的態度。對於遵式的文學成就毫無提及。遵式（964～1032），字知白，俗姓葉，天台寧海人。精通《法華》《維摩》《涅槃》等經。淳化元年（1014）由於杭州高僧屢次邀請至杭，皇帝賜法號慈雲。遵式善於詞翰，詩集有《採遺》

〔註13〕林逋，沈幼徵：《林和靖集》，杭州：浙江古籍出版社，2012年，第180頁。
〔註14〕楊億：《楊文公談苑》《宋元筆記小說大觀》，上海：上海古籍出版社，2001年，第522頁。
〔註15〕李國玲：《宋僧錄》（上冊），北京：線裝書局，2001年，第416頁。關於釋長吉的最新研究成果為崔淼與張培鋒合撰的《北宋中期釋門與政壇文學互動的雙重價值——以天台宗釋長吉交游與創作為中心》，《山東師範大學學報》，2023年，第3期，第61～69頁。
〔註16〕志磐，釋道法：《佛祖統紀校注》，上海：上海古籍出版社，2012年，第247頁。

《靈苑》，雜著有《金園》《天竺別集》，當時流行於世。當時江州太守許端夫評價其詩「慈雲之詩，文貫於道，言切於理，酷似陶彭澤，蓋合於情動形言止乎禮義之意。昔貫休作《禪月集》，初不聞道，而才情俊逸，有失輔教之意；中庸子作《閒居編》，言雖鳴道而文句闒冗，有失詩人之體。慈雲則不然，文既清麗，理亦昭顯，雅正簡淡，有晉宋之風，蓋其道業宏大，故詩名不行也」。〔註17〕由此可知，遵式在當時聲名顯著，精通佛經而且文采斐然。

與林逋交往的僧人大都是詩僧，還有少許藝僧。林逋為何和會與如此多的僧人交往？「正像柳宗元《送僧浩初序》所說的，由於僧人『不愛官、不爭能，樂山水而嗜安閒者為多』，與世俗那種『逐逐然唯印組為務以相軋』恰恰相反，所以當他們在禪思想中尋找思想與生活資源時，從那裏找到的更多的倒是『暫息塵勞』的心靈寧靜。」〔註18〕林逋早年不得志的心靈創傷，也只有在佛教這方淨土上可以療養。隱居山林並非生活於真空之中，隱逸詩人林逋交往的人群相當複雜，有官員如梅堯臣、范仲淹、王隨等，有科舉失意的後生晚輩，有道士，有僧人。尤以僧人為多，在這些不同的人群中應該只有「本是無一物，何處惹塵埃」的僧人才能與西湖空靈明澈的山水一樣，讓這位詩人超脫世俗，成為隱士。「澄鮮只共鄰僧惜，冷落猶嫌俗客看」（《山園小梅二首·其二》），便為明證。

林逋不僅與僧人交往，而且精通經論。這是由於中國文化是儒家文化為主體，形成了以政治倫理為中心的特徵，其他學說也是「以治世為務」，《莊子·外篇·田子方》中提出「中國之君子」明於禮義，陋知人心。但道家思想探討心性也不夠徹底，因此南朝劉宋佛教思想家宗炳說「中國君子明於禮義而暗於知人心」（《明佛論》）。〔註19〕唐朝國力強盛，對外文化交流頻繁，士人胸襟開闊。北宋儒家文化仍是主導，對外戰爭連連失利，文人士大夫形成「內傾型」的心理。正如張方平所言：「儒門淡泊，收拾不住，皆歸釋氏」〔註20〕，所以林逋在隱居生活中只能親近明心見性的佛教，求得心靈解脫。關於林逋參禪論經通過他的詩作是能發現蛛絲馬蹟的。如「不會剃頭無事者，幾人能老此禪扃」（《峽石寺》），「詩正情懷淡，禪高語論稀」（《送思齊上人之宣城》），「當期相

〔註17〕志磐，釋道法：《佛祖統紀校注》，上海：上海古籍出版社，2012 年，第 272～273 頁。

〔註18〕葛兆光：《中國禪宗思想史》，北京：北京大學出版社，1995 年，第 343 頁。

〔註19〕張晶：《禪與唐宋詩學》，北京：人民文學出版社，2003 年，第 49 頁。

〔註20〕葛兆光：《中國禪宗思想史》，北京：北京大學出版社，1995 年，第 50 頁。

就宿，詩外話無生」（《寄思齊上人》），「幾憶山陰講，兼忘谷口耕」（《寄清曉闍梨》），「閒棲已合稱高士，清論除非對遠公」（《寺居》），而林逋的《林間石》更是鐵證，「入夜跏趺多待月，移石箕踞為看山。苔生晚片應知靜，雲動秋根合見閒。瘦鶴獨隨行藥後，高僧相對試茶間。疏篁百本松千尺，莫怪頻頻此往還」詩人林逋參禪打坐並非是入定悟得佛教真諦，而是賞月看山，親近自然，棲息心靈。

三、林逋詩歌創作與佛教

　　林逋詩歌成就與其濡染的佛教思想之間有深刻的關係。這種關係是複雜而多樣的，主要包括五方面：詩歌語言中包含相當成分的佛教典故，並受到禪宗公案與佛經偈頌的影響：詩歌中僧人、佛寺昇華成為意象；詩歌構思與佛教「空靜」思想相通；詩歌內容與佛教僧侶的關係；詩歌審美與「禪悅」和淨土信仰的關係。

（一）林逋的詩歌語言與佛教典故和禪宗公案、偈頌的關係

　　林逋詩的詩歌語言中含有大量的佛教語言典故，如「青山日已遠，香襯漸多塵」。（《懷長吉上人北遊》）詩中的「香襯」指僧人所穿僧衣，讓人彷彿在詩中可以聞到佛寺中的縷縷香味。「同載闤闠人，衣囊覆氎巾。新煙赤岸暝，融雪太湖春。鐘遠移齋侯，香遲上定身。當知舉如意，寶地雨花頻」（《送昱師赴請姑蘇》）「氎」根據《賢愚經》記載是供奉給如來的，「細軟青絲履，光明白氎巾。」（杜甫《大雲寺讚公房》），可知也是僧人常用之物。「定身」指靜心入定的和尚。「『舉如意』謂講經。如意是梵語阿那律的意譯，用竹、玉、骨或金屬等製成，頭部作靈芝或云葉形，柄微曲，供指劃之用。僧人宣講經文時，每持如意，記經文於上，以備遺忘」〔註21〕「寶地」僧人講經之寺廟或道場。「雨花」是指佛祖說法，感動天神，諸天於空降下紛紛香花。林逋這首詩中使用佛語，送給詩僧昱師，自然會讓昱師心有好感。

　　又如「竹下經房號白蓮，社師高行出人天。一齋巾拂晨鐘次，數禮香燈夜像前。瞑目幾閒松下月，淨頭時動石盆泉。西湖舊侶因吟寄，憶著深峰萬萬年」（《和西湖霽上人寄然社師》）。其中「白蓮」指白蓮社，東晉慧遠在廬山東林寺與僧俗一百二十二人結白蓮社，與雷次宗、宗炳等十七人稱蓮社十八高賢，以此創立佛教淨土宗；「出人天」指不生不滅，超脫生死的涅槃境界。

〔註21〕林逋，沈幼徵：《林和靖集》，杭州：浙江古籍出版社，2012 年，第 32 頁。

夜月皎潔，疏鐘松濤、篁竹經房，佛像香燈，跏趺靜坐。一位高僧大德的形象躍然紙上。

　　林逋詩歌創作也與禪宗公案、偈頌關係密切。在宋代禪宗得到發展，禪宗語錄流行。禪宗公案那種不講邏輯，言語道斷，直指人心的特點影響了不少詩人。禪宗公案有幾種模式，其中一種是「柳暗花明」法，「『柳暗花明』法，是一種綜合運用的方法。當學人問禪師佛法時，先以遮斷箭頭的答案，折斷學人思維的『箭頭』，接著再暗示他向上一路。」〔註22〕。這種思維方法在林逋的詩中有所體現，如「林僧忽焉至，欲揖頃方罷。復有條上猿，驚窺未遑下」（《閔師見寫陋容以詩奉答》），詩人構思獨特，出人意料，讓詩思突轉，給人以柳暗花明的趣味，生動的寫出畫師的高超技巧。偈頌的翻譯多採用詩歌的形式，以「五言」為主，也有「四言」、「六言」、「七言」。林逋對偈頌是熟悉的，如「騷吟未斷雲生褐，梵偈重開月照香」，（《歷陽寄金陵衍上人》），「鏘然更有金書偈，只許龍神聽靜吟」。（《和陳湜贈希社師》）對於偈頌與詩歌創作的關係釋慧皎有獨到認識「論曰：夫篇章之作，蓋欲申暢懷抱，褒述情志。詠歌之作，欲使言味流靡，辭韻相屬。故《詩序》云：情動於中，而形於言。言之不足，故詠歌之也。然東國之歌也，則結韻以成詠；西方之讚也，則作偈以和聲。雖復歌讚為殊，而並以協諧鍾律，符靡宮商，方乃奧妙」。〔註23〕偈頌在林逋心中是只許龍神聽的神聖吟唱，一方面偈頌在一定程度上影響林逋詩歌韻律圓美流轉。另一方面偈頌作為佛經的構成部分，承載著佛教教義自然會使林逋詩歌創作顯得空靈明淨。但是也不可否認林逋的詩歌由於佛教術語、典故使用過多，造成詩與讀者的「隔」。

（二）林逋詩歌中的僧人、佛寺意象

　　林逋僧交往人，頻繁出入佛寺，使得僧人與佛寺在其詩中昇華為閒適清幽的意象。僧人意象，例如「春水淨於僧眼碧，晚山濃似佛頭青」，（《西湖》）詩句中將西湖的澄澈比作僧眼，可見在詩人心中僧人的清淨無染，禪宗東土初祖達摩大師被稱為碧眼胡僧。「返照未沉僧獨往，長煙如淡鳥橫飛。」（《孤山後寫望》），在這殘照寒煙，眾鳥飛淨的黃昏中僧人成為孤清的意象。寫僧人微笑，如「單囊憩罷應微笑，卻是青山不出門」，（《復送慈公還虎丘山》），自然可以聯想到「以心傳心」「不立文字」的禪宗逸事「世尊拈花，迦葉微笑」。不唯如

〔註22〕張晶：《禪與唐宋詩學》，北京：人民文學出版社，2003 年，第 186 頁。
〔註23〕釋慧皎，湯用彤：《高僧傳》，北京：中華書局，1992 年，第 507 頁。

此，林逋在與官吏、友人酬唱的詩中僧人亦成為不可或缺的意象。如「到日何人先刺謁？二林開士在琴堂」（《送馬程知江州德安》），其中二林指廬山東林寺、西林寺。開士是菩薩的異名，之後逐漸成為對僧人的稱呼。「林蘿寂寂湖山好，月下敲門只有僧」（《和皓文》），無論是林逋生活中的僧人，還是典故中的僧人，作為意象，僧人都為詩中添了一份靜謐。

佛寺意象的使用，如被錢鍾書讚賞的《孤山寺端上人房寫望》，其中一聯寫道「陰沉畫軸林間寺，零落棋枰葑上田」，其中佛寺意象的出現為全詩增添了些許閒適，善畫工書的詩人，在這首詩中營造出「詩中有畫，畫中有詩」的意境。林逋此類詩作頗多，不再贅舉。在與官吏交往的詩中佛寺成為重要的隱逸意象，如「等閒呵出郭門近，輕棹繞湖尋佛宮」（《贈錢塘邑長高秘校》）。此外林詩中與佛教關係密切的意象還有錫杖、淨水瓶等。

（三）林逋詩歌構思與佛教「空靜」思想的關係

林逋詩歌構思與佛教思想的關係在其山水詩與詠物詩中表現的最為明顯。林逋的詩恬淡閒逸，梅堯臣曾讚歎：「其順情玩物為之詩，則平淡邃美，讀之令人忘百事也。其辭主乎靜正，不主乎刺譏，然後知趣尚博遠，寄適於詩爾。」〔註24〕，這裡「順情玩物」的詩應指的是其山水詩和詠物詩，形成林逋「平淡邃美」的詩歌境界的重要原因是「空靜」思想。在與禪僧交往中，林逋也與他們探討經論，甚至參禪打坐。佛教修行可以讓詩人澄懷靜慮，獲得內心覺悟，從而得以領悟「天地有大美」。如林逋詩「南廊一聲磬，斜照獨凝思」。（《臺城寺水亭》）關於「空靜」對於創作的功用，蘇軾在與詩僧的交往中頗得真諦，「細思乃不然，真巧非幻影。欲令詩語妙，無厭空且靜。靜故了群動，空故納萬境。閱世走人間，觀身臥雲嶺。鹹酸雜眾好，中有至味永。詩法不相妨，此語當更請」。（《送參寥師》）〔註25〕正是由於林逋心靈獲得安靜，因而可以觸手成春，對外物進行細緻入微地描寫，例如「草長團粉蝶，林暖墜青蟲」（《小圃春日》），「纖鉤時得小溪魚，飽臥花陰興有餘」（《貓兒》），「深林摵摵分行響，淺葑茸茸疊臥痕」。（《呦呦》）這些詩句分別對粉蝶、青蟲、貓兒和鹿進行了細緻生動地描寫。

只有澄懷靜慮的詩人才能「了群動」「納萬境」，以詩心體察萬物，以詩眼

〔註24〕林逋，沈幼徵：《林和靖集》，杭州：浙江古籍出版社，2012年，第1頁。
〔註25〕蘇軾，馮應榴，黃任珂，朱懷春：《蘇軾詩集合注》，上海：上海古籍出版社，2001年，864頁。

觀照山水，領悟「萬象皆賓客」的妙趣，這點與《壇經》的「虛空」思想相通。「善知識！世界虛空，能含萬物色像，日月星宿，山河大地，泉源溪澗，草木叢林，善人惡人，惡法善法，天堂地獄，一切大海，須彌諸山，總在空中。世人性空，亦復如是。」〔註26〕林逋的《深居雜興六首並序》可以印證，「諸葛孔明、謝安石蓄經濟之才，雖結廬南陽，攜妓東山，未嘗不以平一宇內、躋致生民為意。鄙夫則不然，胸腹空洞，誦然無所存置，但能行樵坐釣，外寄心於小律詩，時或鏖兵景物，則倒睨二君反有得色」〔註27〕，唯有心性空明，無所掛礙，才能胸納萬境，吞吐天地。

（四）林逋詩歌內容與佛教僧侶的關係

　　林逋詩歌按內容可分類為：贈答送別詩、山水詩、隱逸詩、詠物詩。其中贈答送別詩是數量較多且重要的一類。林逋與詩僧的贈答送別詩寫的情真意切，也與佛教關係更為直接。劉克莊的《題四賢像・林和靖》寫道「吟共僧同社，居分鶴伴閒」〔註28〕，這便顯示出林逋詩歌創作與僧人的密切關係。這種關係表現在僧人與其有著共同的詩歌審美趣味和僧人在其隱逸生活中作為其親密友人兩方面。

　　前一方面上文已有論述，後一方面主要表現在為詩僧而作的贈別詩。如《和朱仲方送然社師無為還曆陽》：「歸路過東關，行行一錫閒。破林霜月後，孤寺水邊山。頂笠沖殘葉，腰裝宿暮灣。香燈舊吟社，清思逐師還」，詩中寫道深秋霜天，明月落葉，然社師手執錫杖，客宿水邊，詩人回想昔日結社，盡興吟詩，良辰不再，悠悠的思念如同月光般追隨著詩友歸還。讓人自然聯想到張若虛《春江花月夜》中的「此時相望不相聞，願逐月華流照君」。「四明山水別多時，老病心閒事事違。夢想西湖古蘭若，又和秋色送僧歸」，（《送善中師歸四明》）。林逋少年時在外遊歷，途經四明，與四明友人、山水結緣，歸隱孤山後，常年患病且二十年足不入城市。友人善中師歸還四明，詩人對與自己年少時的遊歷和對友人的掛念自然不勝感慨。林逋在此把對友人的思念寫的頗有妙趣，林逋作為佛教居士本應在心中追求阿蘭若（阿蘭若是梵語，指寂靜、無苦惱煩亂）的境界，可僧友遠去卻讓這位佛教居士空無一物的心中「風乍起，吹皺一池春水」。

〔註26〕慧能，尚榮：《壇經》，北京：中華書局，2013 年，第 42 頁。
〔註27〕林逋，沈幼徵：《林和靖集》，杭州浙江古籍出版社，2012 年，第 64 頁。
〔註28〕林逋，沈幼徵：《林和靖集》，杭州浙江古籍出版社，2012 年，第 201 頁。

（五）林逋詩歌審美與「禪悅」和淨土信仰的關係

　　林逋詩歌審美與佛教的關係主要表現在林逋詩歌以禪趣入詩，以淨土思想觀照外物及心靈，從而使其詩歌獲得淡泊安閒、纖塵無染的審美。「所謂『禪趣』，指進入禪定時那種輕安愉悅、閒淡自然的意味，又稱作『禪悅』、『禪味』。」〔註29〕關於林逋參禪打坐已有論述，而且南宗禪比較側重頓悟，並非只有宴坐才能體驗到「禪悅」。只要隨緣自適就會在行、住、坐、臥中頓悟「平常心是道」「即心即佛」。林逋詩歌中時時表現出「禪悅」，如「湖水混空碧，憑欄凝睇勞。夕寒山翠重，秋淨鳥行高。遠意極千里，浮生輕一毫。叢林數未遍，杳靄隔魚釣」，（《湖樓寫望》）在詩中詩人破除「我執」與「物執」，浮生如毫如煙，叢林（佛寺）非有非無，詩中充滿寂靜，將山水清輝寫的閒淡自然，默契於禪宗的「無念、無相、無住」。林逋的詩歌清淨脫俗，蕩滌塵垢。如元代王惲寫道「探囊得逋集，塵意欣一浣」〔註30〕。其中重要的原因是林逋與精通《維摩詰經》的遵式交往，與兼信淨土宗的天台宗智圓為鄰，而且釋省常組織西湖白蓮社，西湖周邊淨土信仰盛行。「如是，寶積，菩薩⋯⋯隨成就眾生，則佛土淨；隨佛土淨，則說法淨；雖說法淨，則智慧淨；隨智慧淨，則其心淨；隨其心淨，則一切功德淨。是故，寶積，若菩薩欲得淨土，當淨其心，隨其心淨，則佛土淨。」〔註31〕可見獲得淨土的重要一點就是心淨無塵，林逋的詩歌也有所表現，如「柴門鮮人事，氛垢頗能忘」（《郊園避暑》），「殘雪照籬落，空山無俗喧」（《山中冬日》），「擾擾非吾事，深居斷俗情」（《淮甸城居寄任刺史》），詩人超凡脫俗，忘懷世間的蠅營狗苟，獲得心靈淨土。其中最重要的是林逋筆下的梅花意象的佛教色彩。「只是到了宋代隨著淨土信仰中國化的完成，文人們才真正發現梅花皎潔之性的感覺，佛教淨土信仰也在中土找到了自己的載體」。〔註32〕在宋代梅花成為菩提樹，只有梅花的皎潔無染才能成為林逋淨土信仰載體，如「人憐紅豔多應俗，天與清香似有私」（《梅花》）。「澄鮮只共鄰僧惜，冷落猶嫌俗客看」（《山園小梅二首・其二》），在此梅花與僧人共同以清淨無染的特徵出現可謂相得益彰。禪宗的專思寂想、淨土宗的心淨無染是林逋詠梅絕唱「疏影橫斜水清淺，暗香浮動月黃昏」的創作思想來源。同時

〔註29〕孫昌武：《佛教與中國文學》，北京：中華書局，2019年，第108頁。
〔註30〕林逋，沈幼徵：《林和靖集》，杭州：浙江古籍出版社，2012年，第211頁。
〔註31〕賴永海，高永旺：《維摩詰經》，北京：中華書局，2010年，第16頁。
〔註32〕李炳海：《淨土法門盛而梅花尊——宋代梅花詩及其與佛教的因緣》，《東北師大學報》，1995年，第4期。

使林逋筆下的梅花作為審美對象蘊含著禪趣。

四、僧俗對林逋作品的評價

　　從後世僧俗對林逋及其作品的評價亦能洞察到林逋與佛教的關係。陸游的《跋林和靖貼》寫道「忽得睹上竺廣慧法師所藏二貼，不覺起敬立」「刮目散懷」〔註33〕，從僧人珍藏其作品及陸游評價可以看出林逋書法作品的淡泊清秀、出塵脫俗，亦能看出僧人對林逋及其作品的欣賞，另外沈幼徵校注的《林和靖集》，王玉超校注的《林逋詩全集》都有附錄收集古代文人對林逋評價的詩文，王書甚至收錄日本作家的相關詩作，為讀者瞭解林逋及其作品提供了莫大的方便，但有遺漏。現於《劉克莊集箋校》與南宋禪僧梵琮《率庵外集》各輯出一首，於元代詩僧釋善住的《谷響集》中輯得四首，謄錄於下：

　　　　和靖詩高千古瘦，逃禪畫妙一生貧。勸君別換新標榜，莫靠梅花賺殺人。《贈梅岩王相士二絕·其二》〔註34〕

　　　　交泰同萬象，抱道歲寒時。月上花臨水，雪消蘚滿枝。匪從見聞得，聊許探尋知。一點芳心裏，包藏處士詩。《見梅二首·其二》〔註35〕

　　　　霏微煙靄滿遙岑，春入長堤柳色深。今古畫船供一醉，幾多紅粉得千金。漁歌豈悅遊人耳，暮雨偏傷倦客心。幸有孤山梅竹在，杖藜徐步作幽尋。《過西湖》〔註36〕

　　　　曾向孤村見此枝，杖藜徐步雪晴時。香飄野路傳春早，影上山窗礙月遲。處士詩存猶可讀，逃禪骨朽卻難追。芬芬瓊花無今古，羌笛高樓亦漫吹。《畫梅》〔註37〕

　　　　屈鐵虯枝帶蘚枯，想應曾識老林逋。清標幸是從來瘦，月冷霜寒影更孤。《詠梅三首·其一》〔註38〕

　　　　處士梅花春尚開，湖陰不見鶴飛回。春山盡日陪歌笑，桂酒何

〔註33〕林逋，沈幼徵：《林和靖集》，杭州：浙江古籍出版社，2012年，第183頁。
〔註34〕劉克莊，辛更儒：《劉克莊集箋校》，北京：中華書局，2011年，第1248頁。
〔註35〕張伯偉：《域外漢籍研究集刊》，第19輯，北京：中華書局，2020年，第534頁。
〔註36〕釋善住：《谷響集》，北京：中國書店，2018年，第145頁。
〔註37〕釋善住：《谷響集》，北京：中國書店，2018年，第184～185頁。
〔註38〕釋善住：《谷響集》，北京：中國書店，2018年，第227頁。

曾及夜臺。《和靖先生墓》〔註39〕

可見劉克莊早已清晰認識到林逋逃禪與其詩畫藝術創作成就及特徵的關係。在元代詩僧釋善住心中林逋的冷峻孤高居士形象及其筆下清淨脫俗帶有佛教淨土意味的梅花意象達到互融互通。尤其值得注意的是，詩僧明本在元代詩人中掀起了梅花詩的創作熱潮，林逋及其創作的梅花詩亦深刻影響了元代僧人，可從楚石梵琦曾作《和林逋詩》（已佚）中窺見，林逋與佛教的因緣也由此可見。

五、結語

通過論述可以看到林逋及其詩歌、書法、繪畫與佛教密不可分的關係，林逋藝術作品的「孤峭澄淡」的審美意識與佛教的「明心見性」「任運隨緣」相通，林逋超凡脫俗的隱士形象中蘊藏著淡泊寂然、清淨無塵的佛教居士特質。其實這只是林逋思想的一個方面。從其詩集中可以發現林逋與道士交遊，書寫道經、採藥、煉丹，談論老莊；他也以顏回、原憲作為偶像，實踐「窮則獨善其身」的儒家思想；也有「治世誰能弔屈平？」（《和酬周啟明賢良見寄》），五次提及《離騷》，表達出憤世思想，從而可以窺到林逋思想中儒、釋、道等複雜思想的交織。而考慮林逋與佛教的關係，對於瞭解林逋其人，解讀林逋詩歌，評價林逋其地位是不可或缺的一方面。

（本文原載《陰山學刊》2022 年第 4 期，此次附錄有所增刪）

〔註39〕釋善住：《谷響集》，北京：中國書店，2018 年，第 241 頁。

附錄二　論元叟行端及其禪宗文學創作

　　元代臨濟宗禪師元叟行端不僅為禪門碩德，而且也是元代禪宗文學的重要作家之一。行端自幼聰慧過人，出家後又參訪數位江南禪林的碩德耆宿。多年的行腳與修持使行其望日高，經僧俗的舉薦多次主持名剎。行端禪師不僅禪學造詣精深，而且《元叟行端禪師語錄》中保存了其較多的文學作品，其中便有被四方傳誦的擬寒山子詩。作為禪宗文學作者行端亦有自己的文學觀念，即崇詩歌抑駢文。

　　禪宗是中國佛教特質所在的宗派，其對於中國文學的影響亦極深遠與深刻。因此，李小榮先生在其《晉唐佛教文學史》中歸納當前晉唐漢傳佛教文學的研究特徵之一，即為「從教派言，最受學界重視的是禪宗，尤其是禪宗與中國詩歌關係之研究」。〔註1〕我國臺灣學者杜松柏的《禪學與唐宋詩學》（黎明文化事業股份有限公司，1986 年版）與吳言生的《禪宗詩歌境界》（中華書局，2001 年版）等是較早從橫向集中研究中國禪宗詩歌的著作。近年來學術界對禪宗文學愈加重視，如李小榮先生應用法國哲學家和社會學家布爾迪厄的場域理論與挪威建築理論家諾伯舒茲的場所精神對唐代禪宗宗門史統的書寫與宗門歌偈進行了獨到地研究。祁偉從禪宗文學縱向流變的角度撰寫出《禪宗寫作傳統研究》一書，提出禪宗寫作傳統，「所謂禪宗寫作傳統，是指禪宗文學中具有相對固定的寫作形態且世代相傳的文學樣式。最突出的有山居詩、擬寒山詩、十二時歌、五更轉、牧牛頌、漁夫詞、山中四威儀等，在唐宋元明清各

〔註1〕李小榮：《晉唐佛教文學史》，北京：人民出版社，2017 年，第 10 頁。

時代都有流傳。此外，還包括描寫宗教生活的樂道歌，歌頌古德公案、闡明佛理禪機的頌古詞和祖師讚等，都是以文學的手法表達宗教的意圖並且隨著法脈傳承而綿延不絕」〔註2〕，以上前賢時彥極大地推動了禪宗文學的研究。

　　元代禪宗主要有臨濟與曹洞兩派，曹洞宗以萬松行秀為代表主要活動在元初的北方，臨濟宗則主要有天目山齊系與圓悟克勤系活躍於全國。其中圓悟克勤下的大慧宗杲與虎丘紹隆兩系在江南禪林中影響尤大。對前者的發展著名文人黃溍寫道：

　　　　菩提達磨以摩訶迦葉所得無上正法來止中土，直接上根。其後支分為二，心印獨付與曹溪。派別為五，而宗風大振於臨濟。至大慧，而東南禪門之盛遂冠絕於一時，故其子孫最為蕃衍。〔註3〕

因此，大慧系的禪僧們便是元代禪宗文學重要的創作群體。

一、元叟行端禪師生平

　　釋行端（1255～1341），字元叟。元代臨濟宗禪師，屬於大慧宗杲下第四世。元代大文學家虞集評價行端禪師在元代禪林的地位與影響：「徑山老人，端公元叟以盛德令聞，一坐二十餘年，四眾安隱。年垂九十，耳聰目明。舉揚宗風，曾不少懈。飽參宿學，無不歸之，歸然靈光。環視四海，一時未或有能出其右者。」〔註4〕虞集的評價或許有過譽之嫌，但不可否認行端堪為禪門龍象。

　　行端禪師於宋寶祐乙卯（1255 年）出生於浙江臨海的詩書之家何家，自稱「寒拾里人」（指唐代詩僧寒山、拾得）。行端「生而秀拔，幼不茹葷，超然有厭薄塵紛之意」。〔註5〕在行端六歲時，其熟讀《五經》的母親王氏為其教授《論語》《孟子》，而行端「輒能成誦」。行端「雅不欲汩沒於世儒章句之學」〔註6〕，十二歲時，跟隨其族叔茂上人在餘杭化城院出家。十八歲，受具足戒。此後，行端「一切文字不由師授，自然能通。而其器識淵邃，夙負大志，以斯道自任。宴坐思惟，至忘寢食」〔註7〕。行端在具備一定的禪學修養後，遍參

〔註2〕祁偉：《禪宗寫作傳統研究》，北京：中華書局，2021 年，第 1 頁。
〔註3〕《卍續藏經》（第 124 冊），第 67 頁。
〔註4〕《卍續藏經》（第 124 冊），第 1 頁。
〔註5〕《卍續藏經》（第 124 冊），第 67 頁。
〔註6〕《卍續藏經》（第 124 冊），第 67 頁。
〔註7〕《卍續藏經》（第 124 冊），第 67 頁。

叢林古德尊宿。首參徑山佛禪、詩文皆擅的藏叟和尚（1194～1277），〔註8〕因為師徒問答稱意，行端被延入侍司。在侍者僚兩年後，因其師藏叟寂滅，行端前往淨慈寺參拜石林鞏公，任其記室。居淨慈寺期間，行端與石林鞏公探究禪理，激揚宗乘。同時，行端與同道盧谷陵、東嶼海、晦機熙、東州永、竹閣真成為莫逆之交。行端喜愛靈隱山水清勝，又掛錫前往。橫川行珙（1222～1289）曾以偈「寥寥天地間，獨有寒山子」相招，但行端無意前往。隨後，行端分別謁見覺庵真公與盧舟普度。「余（行端）嘗從師徑山，知師出處甚詳。故直書不讓，謹狀」，〔註9〕又「至元丁丑（1277年），（盧舟普度）被命徑山」，至元十七年（1280）盧舟普度圓寂，由此可知元叟在1277年～1280年期間師從盧舟普度禪師。1284年，行端前往江西袁州仰山禪寺參拜雪岩欽公（約1218～1287）。〔註10〕二人相見時的問答中機鋒峻烈，有《世說新語》中的魏晉風度。「岩問：『何處來？』師云：『兩浙』。岩云：『因甚語音不同？』師云：『合取臭口。』岩云：『瀨徑橋高，集雲峰峻，未識書記在。』師拍手云：『鴨吞螺螄，眼睛突出。』」〔註11〕行端不畏雪岩欽公禪門「橋高峰峻」的求學態度與「鴨吞螺螄」的非凡自信，得到欽公的肯定。雪岩欽公以好茶相待，並將其送入蒙堂（按：「蒙堂之名，始於大覺之故事。後來兩序退職者之安息處，稱為蒙堂。蒙者《周易》蒙卦象曰：『蒙以養正，聖功也。』疏曰：『能以蒙昧隱默自養正道，乃成至聖之功。』宋景廉《潛溪集》四曰：『大覺日與九峰韶公、佛國白公、參寥潛公講道一室，扁曰：『蒙堂』，叢林取則焉。』」〔註12〕行端此時可能擔任蒙堂僚主一職，負責管理蒙堂）。三年後，雪岩欽公坐化。行端前往徑山拜見虎岩伏公（虎岩淨伏，師從盧舟普度，屬虎丘紹隆下六世孫），伏公命其居第一座。〔註13〕

〔註8〕藏叟即藏叟善珍，俗姓呂，福建南安人。其詳細事蹟見《補續高僧傳》卷十一。黃啟江編《南宋六文學僧紀年錄》（臺灣學生書局有限公司2014年版）便將其選入。轉自《兩宋川浙禪宗文學區域互動略說──以「川僧蕃茝」「浙僧瀟灑」為中心》，李小榮：《文學遺產》，2021年第3期，第52頁。

〔註9〕《卍續藏經》（第123冊），第189頁。

〔註10〕祖欽，婺州人（今浙江金華），嗣法於無準師範。其詳細事蹟與禪法可參閱《宋元禪宗史》中的「雪岩祖欽及其禪法」，楊曾文著，北京：中國社會科學出版社，2006年，第605～614頁。

〔註11〕《卍續藏經》（第124冊），第68頁。

〔註12〕丁福保：《丁福保佛學大辭典》，北京：文物出版社，1984年，第1234頁。

〔註13〕關於虎岩淨伏的具體情況可參閱崔紅芬：《虎岩淨伏禪師法嗣及其弘法考》，

　　大德四年（1300），八月二十八日。身處徑山楞伽室的行端收到主持湖州路翔鳳山資福禪寺的請疏，「行中書省行政院、本路僧俗諸官、諸山宿德、諸大檀越各以疏語敦請和尚，榮鎮茲山」，〔註14〕九月十日入院。行端禪師主持資福禪寺，教化緇素，名聲大振。此時，頗有道望的行端遭到其師虎岩伏公的嫉妒，「伏公加盛禮，覬師唱其道。師微笑而不答，瓣香酬恩卒歸之藏叟焉」。〔註15〕元叟行端禪師妙轉法輪，「學徒奔湊，名聞京國」。「大德七年（1303），八月二日。護持聖旨到山，嶺眾望闕謝恩罷。上堂說偈云：『平生抱愚拙，必意安林丘。盤陀一片石，松下聊優游。迴鸞五色詔，瞥而來幽岩。天恩浹肌骨，潛薄將何酬。願君為堯舜，願臣為伊周。金枝與玉葉，光輝千千秋。萬民瞻秔稌，四海銷戈矛。竺仙正法眼，如水常東流。」〔註16〕可見其本志為逍遙於山水林泉，教化一方。但元朝廷「恩澤四海」，身為僧人的行端獲得朝廷賜號「慧文正辯禪師」，發願上報國恩，希望百姓無飢饉，四海無烽煙，佛法常興隆。大德九年（1305），元叟行端禪師受到主持萬壽禪寺的邀請。「受杭州路中天竺寺請。別眾，上堂：『我昔來禹泉，四年八個月。打鼓弄猢猻，日夜不知歇。朝廷公道開，分條遇明哲。拯弊除貪婪，搜賢選英傑。胡為天竺峰，而乃付愚拙。官差逼殺人，不容更分說。束包登前途，聊與眾人別。千歲禪岩跳上天，六月火雲飛瑞雪。」〔註17〕行端禪師住持資福期間開示說法的言談，由其門人法林等整理為《住湖州路翔鳳山資福禪寺語錄》。

　　大德九年（1305），五月十六日。行端禪師因中書平章政事張閭公的舉薦，入院主持杭州路中天竺萬壽禪寺。主持萬壽禪寺期間，行端在張閭公為外護下，翻修禪寺，「寺當久廢之餘，師為樹門榜而正鄰剎之侵疆，治殿宇而還叢林之舊觀。皆出公外護之力」。〔註18〕其門人曇噩等將其上堂法語整理為《住杭州路中天竺萬壽禪寺語錄》。隨後，行端禪師收到《諸山疏》《方外疏》的邀請，於皇慶壬子（1312年）應請主持杭州路靈隱景德禪寺。隨後，行端禪師奉旨在朝廷舉辦的金山水陸大會上登座說法。

　　　　有旨設水陸大會於金山，命師升座說法。竣事，入覲於便殿。

　　　　　《東亞佛教文化》，第 60、62 期。
〔註14〕《卍續藏經》（第 124 冊），第 4 頁。
〔註15〕《卍續藏經》（第 124 冊），第 68 頁。
〔註16〕《卍續藏經》（第 124 冊），第 8 頁。
〔註17〕《卍續藏經》（第 124 冊），第 10 頁。
〔註18〕《卍續藏經》（第 124 冊），第 68 頁。

　　從容奏對，深契上衷，加賜「佛日普照」之號。陛辭南歸，即拂衣
　　去。養高於良渚之西庵。〔註19〕

元叟行端禪師在靈隱景德禪寺期間的法語由其弟子祖銘等整理為《住杭州路
靈隱景德禪寺語錄》。

　　　行端禪師最後主持的寺院是杭州路徑山興聖萬壽禪寺。「至治壬午（1322
年），徑山虛席。三宗四眾，咸謂非師莫能荷負其任。相率白於宣政行院，請
師補其處」。〔註20〕元叟行端在徑山興聖萬壽禪寺佈道弘法，發揚宗風。朝廷
護持，黑白嚮慕，如川歸海，似星拱月：

　　　　泰定甲子（1324年），用使院闍詞奏請，為降璽書作大護持。師
　　　至是，凡三被金襴袈裟之賜。二十年間，足不越閫。而慕其道者，
　　　鱗萃蟻聚，至無所容。歲饑，皆裹糧而來，以得見為幸。徑山自大
　　　慧中興後，代有名德。得師，而其道愈光。〔註21〕

行端禪師晚年多病，如其詩寫道「出息常不保入息，年來況乃病猶多」（《答竺
元和尚二首・其二》）「一房閒寄長松下，殘喘雖留如病何」（《次韻答林首座二
首・其一》）。〔註22〕至正辛巳（1341年），八月四日，行端禪師於丈室坐化。
〔註23〕行端禪師世壽八十八，僧臘七十六。有臨終偈「本無生滅，焉有去來。
冰河發焰，鐵樹花開」，〔註24〕可見行端已了卻生死大事，瀟灑自在。八月十
一日，行端被安葬於寂照塔院，分其爪髮，於化城幻有精舍建塔。行端禪師弟
子法林、梵琦、祖銘述其行業，請文士黃溍為其撰寫《塔銘》。行端禪師在此
期間的上堂法語由其高足楚石梵琦等人記錄並編定為《住杭州徑山興聖萬壽
禪寺語錄》。行端禪師不僅慈航普渡，而且培養出不少傑出弟子。「所度弟子若
干人。嗣其法，而同時闡化於吳楚、閩越、蜀漢間者若干人。其上首靈隱法林、
本覺梵琦、中天竺祖銘等」，〔註25〕入室弟子則有清泰子梗（字用堂）、金山惠

〔註19〕　《卍續藏經》（第124冊），第68頁。
〔註20〕　《卍續藏經》（第124冊），第68頁。
〔註21〕　《卍續藏經》（第124冊），第68頁。
〔註22〕　《卍續藏經》（第124冊），第43頁。
〔註23〕　丈室即方丈，丁福保編纂的《丁福保佛學大辭典》釋義「方丈」解釋為：「（堂
　　　　　塔）禪林之正寢，住持之住所也，故稱寺主曰方丈，因其住於此也。古來之說
　　　　　維摩居士之石室，四方有一丈，丈室之名，始基於此。」北京：文物出版社，
　　　　　1984年，第310頁。
〔註24〕　《卍續藏經》（第124冊），第69頁。
〔註25〕　《卍續藏經》（第124冊），第69頁。

明（字性源）、天寧祖闡（字仲猷）等人。行端禪師弟子中能為詩文者眾，其中梵琦、曇噩等人不僅禪學造詣精神，而且為「端門游夏」。楚石梵琦，「師平日度人，或以文字而作佛事。《六會語》梓傳已久，外有《淨土詩》《慈氏上生偈》《北遊集》《鳳山集》《西齋集》，又有和天台三聖詩、永明壽禪師山居詩、陶潛詩、林逋詩，總若干卷」。〔註26〕曇噩，宋濂評其「文思泉湧，有持卷求詩文者，積如束筍。當風日清美，師從容就席，縱筆疾揮，須臾皆盡。長短精粗，無不合作」；袁桷評其「此阿羅漢中人也。觀其所作《驃騎山》《疊秀軒》《列清軒》三賦，駸駸逼古作者。渡江以來諸賢，蹈襲蘇、李，學以雄快直致為誇，相師成風，積弊幾二百年，不意山林枯槁之士乃能自奮而至於斯也」；張翥評其「儀觀偉而重，戒行嚴而潔，文章簡而古。禪海尊宿，今一人耳」。〔註27〕行端禪師說法利生且德高望重，其逝世一個月後，即休契了禪師聽聞噩耗痛哭流涕。在其《祭元叟和尚文》中深情地寫道「金山東庵休居比丘某，即於是日就假法堂，為位設禮，而祭於靈。嗚呼！山之隆隆，群木咸植。海之淵淵，群鱗咸集。惟道惟德，是似是則。今焉已矣，曷附曷立。老我退藏，涕淚交作。華林飛霜，長魚竄堅。天闊江空，水雲漠漠。一奠憑風，斯文何若，嗚呼尚享」。〔註28〕

元明文壇巨擘宋濂為行端禪師撰寫的《重刊寂照和尚〈四會語〉題辭》可讓後世之人栩栩如生地領略其作為禪宗一代大師的絕代風華：

> 稽子梗等言，公（行端）平頂古貌，眼光鑠人，頷下數髯磔立，凜然如雪後孤松。坐則挺峙，行不旋顧，英風逼人，凜如也。所過之處，眾方歡嘩如雷，聞履聲，輒曰：「端書記來矣」，噤默如無人。賓友相從，未嘗與談人間細故，捨大法，不發一言。秉性堅凝，確乎不可拔。自為大僧，至化滅，無一夕脫衣而寢。〔註29〕

行端禪師持戒精嚴，行解相應，行住坐臥皆有威儀，以弘道為己任，有明教大師契嵩之風采，其在禪林中受人敬重亦由此可窺一斑。宋濂的題辭中記載了關

〔註26〕（元）梵琦著，于德隆點校：《楚石梵琦全集》，北京：九州出版社，2017年，第345頁。

〔註27〕（明）宋濂著，黃靈庚編輯校點：《宋濂全集》（第2冊），北京：人民文學出版社，2014年，第1115～1116頁。

〔註28〕《卍續藏經》（第123冊），第198頁。

〔註29〕（明）宋濂著，黃靈庚編輯校點：《宋濂全集》（第4冊），北京：人民文學出版社，2014年，第2075頁。

於行端禪師夢梵僧與徑山潭龍君的神異故事，現拈出前者如下：

　　其從南屏歸化城受經，夏夕啟窗而臥，忽一梵僧飛錫而來，與談般若樞要，亹亹不絕，未幾騰空而去。虎巖師主雙徑時，嘗言道家者流有上謁帝者，其還甚遲。因扣之，答云：「為選徑山四十八代主持，故天閣久不開爾。」公正符其數。〔註30〕

以上的故事是為能夠當選名剎主持附會而成，自然不足取信，但可從側面反映元代佛教寺院選任主持的情況。

二、元叟行端禪宗文學創作

　　元叟行端禪師文學才能出眾，宋遺民林石田評價其「能吟天寶句，不廢嶺南禪」〔註31〕；文士黃溍評其為「暇日，以餘力施於篇翰，尤精絕古雅」。〔註32〕行端禪師的著作被集中收錄於《元叟行端禪師語錄》（八卷）中，此外在其他禪師語錄中亦存在少量作品，如其至元二十年（1283）為虛舟普度撰寫的《行狀》存於《虛舟普度禪師語錄》，〔註33〕為無見先睹禪師撰寫的跋文便存於《無見先睹禪師語錄卷下》。〔註34〕行端禪師現存的作品主要有：說法語錄（《四會語》：《住湖州路翔鳳山資福禪寺語錄》《住杭州路中天竺萬壽禪寺語錄》《住杭州路靈隱景德禪寺語錄》《住杭州徑山興聖萬壽禪寺語錄》）、法語、偈頌、讚、題跋等。

　　行端禪師的《四會語》當時便已刊刻行世，但不幸毀於兵燹。其弟子子梗等人重新刊刻，並請宋濂撰寫《重刊寂照和尚〈四會語〉題辭》。虞集評論行端的禪宗語錄文學《四會語》「今師之言，波瀾汪洋，門庭恢括。廣說略說，莫不弘偉。如春雷發聲，昆蟲振作，長風被阪，草木欣榮。至於關要，隱而不發，以待其人。大慧之流風餘韻，有如此者矣。譬諸名蕃，鎮以宿將。隱然持重，風霆不驚。握機行令，卷舒由己。猶足使方城連戍有所仰放，而不敢違越。況師大機大用，提臨濟正印，續佛慧命者乎？」〔註35〕行端禪師《四會語》賡續著前代禪宗文學「超佛越祖」「離經慢教」的超越精神，表現出兩方面的文

〔註30〕（明）宋濂著，黃靈庚編輯校點：《宋濂全集》（第4冊），北京：人民文學出版社，2014年，第2075頁。
〔註31〕《卍續藏經》（第124冊），第69頁。
〔註32〕《卍續藏經》（第124冊），第69頁。
〔註33〕《卍續藏經》（第123冊），第187～189頁。
〔註34〕《卍續藏經》（第122冊），第486頁。
〔註35〕《卍續藏經》（第124冊），第1頁。

學特色，一是語言詩化特徵明顯，詩文並舉；一是語言潑辣，恣肆汪洋，批判現實。

行端禪師《四會語》的詩化特徵表現之一在於其中的示法詩與頌古詩。「佛教經典，皆散文偈頌並用，禪宗祖師付法之始，即有偈詩，乃沿襲佛偈，唐宋以後，方隨近體之進展，文質雙美而脫離佛偈之風格，且大用繁興，於傳法、示眾、示寂時，皆加應用，故名之曰示法詩」。〔註36〕行端禪師的示法詩作如，「道舊至，上堂：『青山白雲裏，客來無可迎。草藥帶煙掘，野茶和露烹。盤陀石上坐，長嘯時一聲。』擊拂子下座」，〔註37〕道舊造訪，行端為大眾上堂說法竟然吟出一首境界閒適清靜的山居詩。在法堂這個文化場所中，吟詠描寫山居生活的詩對聽眾具有一種定向功能，讓人成為自然的一部分，從而表示道在自然與日用中〔註38〕；又如，「上堂：『月湛雲澄覺海秋，魚龍蝦蟹任沉浮。千尋鐵網高懸者，應笑禺山只直鉤』」，〔註39〕詩中以垂釣喻悟道，以姜太公釣魚法闡釋無心合道的修持方式。余嘉錫指出「檢尋《廣弘明集》，支遁始有讚佛詠懷諸詩」，〔註40〕此後，佛教詩人便繼承這一創作傳統。元叟行端的讚佛詠懷詩極具禪僧本色，如其在四月八日浴佛節上堂所作詩：

迦維邏城四月八，淨飯王宮生悉達。頭上寶蓋從空垂，腳下金蓮隨地發。禍殃由茲彌大千，引得諸方恣忉怛。知恩獨有老雲門，當時若見便打殺。都盧識破不為冤，豈在嚁囉逞奸黠。惡水一勺香一爐，且圖真風扇塵剎。

詩中首先讚歎悉達多降生淨飯王宮中的神異，但隨即詩意陡轉認為世尊轉法輪貽害無窮。稱讚雲門文偃打殺佛祖與狗子吃，破除禪客法執的手段潑辣。詩中又言以惡水為佛灌頂，實則意在破除佛祖權威，確立學僧的自信。不妨將此詩與支遁的《四月八日讚佛詩》作一比較，支遁詩寫道「三春迭雲謝，首夏含

〔註36〕 杜松柏：《禪學與唐宋詩學》，臺北：黎明文化事業股份有限公司，1976 年，第 206 頁。

〔註37〕 《卍續藏經》（第 124 冊），第 6 頁。

〔註38〕 李小榮先生指出「佛教文學產生的場所，同樣有三種類型，即自然場所（以山水風景為特徵）、文化場所（以富於佛教文化特色的空間布局、壁畫塑像、儀式性場景之類為主體內容）和心靈場所（以個體生命對佛教的體悟為標誌）」。李小榮：《晉唐佛教文學史》，北京：人民出版社，2017 年，第 42 頁。

〔註39〕 《卍續藏經》（第 124 冊），第 8 頁。

〔註40〕 余嘉錫撰，周祖謨、余淑宜整理：《世說新語箋疏》，北京：中華書局，1983 年，第 265 頁。

朱明。祥祥今日泰，朗朗玄夕清。菩薩彩靈和，眇然因化生。四王應期來，矯掌承玉形。飛天鼓弱蘿，騰躍散芝英。綠瀾頹龍首，縹蕊翳流泠。芙藻育神葩，傾柯獻朝榮。芳津霧四境，甘露凝玉瓶。珍祥盈四八，玄黃曜紫庭。感降非情想，恬泊無所營。玄根泯靈府，神條秀形名。圓光朗東旦，金姿豔春精。令和總八音，吐納流芬馨。跡隨因溜浪，心與太虛冥。六度啟窮俗，八解濯世縷。慧澤融無外，空同忘化情」〔註41〕，支遁此詩極盡鋪張之能事描寫傳說中佛陀誕生時的情景，感恩佛教東傳，教化中國。此詩以宗教的神聖觀念書寫，表現出虔誠的佛教徒對於釋迦牟尼的皈依。與支遁詩相比，行端禪師的讚佛詠懷詩語言通俗、有口語化的特徵，這符合中國文學由雅趨俗的發展規律。二人詩歌的顯著不同在於元叟行端對禪宗中「呵佛罵祖」精神的繼承，即「入水不避蛟龍，漁夫之勇也；入山不避虎兕，獵人之勇也；見佛殺佛，見祖殺祖，衲僧之勇也。拈拄杖云：『出頭天外看，誰是我般人』」〔註42〕。行端將此種禪宗作風應用於詩歌創作，故而其讚佛詩更顯大膽與狂放。

行端禪師繼承禪宗傳統，以頌古的文字形式表述禪法。〔註43〕因此行端創作出一部分禪趣詩趣兼備的頌古，可稱其為頌古詩。其頌古詩如，「復舉世尊地中布髮掩泥公案。師云：『適間禪客問一句來，老僧答一句去，可謂徹頭徹尾。苟或遲疑，更聽一頌。無上寶王剎，當機誰解看。燃燈才舉手，長者便標竿。解其天人敬，能摩星斗寒。埋頭火宅者，今古自顢頇。』」〔註44〕詩中應用世尊布髮掩泥的典故：世尊布髮掩泥，為燃燈佛獻花。燃燈指布髮處宜建立梵剎，有長者持標於其處，此時諸天散花。（明瞿汝稷《指月錄》）行端意在表明禪法「不涉唇吻」，重在領悟。又如行端禪師舉出南嶽懷讓示眾說法的公案，作頌古詩一首：「三十年不少鹽醬，二時粥飯只如常。可憐南嶽讓和尚，垂老懸懸掛肚腸。」此詩意在表明禪法非言語所能詮釋，南嶽懷讓對馬祖道一以「自從胡亂後，三十年不少鹽醬」的無意味語截斷學人思路而表述禪法的毒辣手段大加讚賞。行端則更進一步，認為佛法究竟為空。不必像南嶽和尚「拾人牙慧」，正如禪林中的流行語所言：去年貧未是貧，去年貧無卓錐之地。今

〔註41〕張富春：《支遁集校注》，成都：巴蜀書社，2014 年，第 190～191 頁。
〔註42〕《卍續藏經》（第 124 冊），第 26 頁。
〔註43〕「頌古是在引述古人或別人的語錄公案之後，以偈頌文體對語錄蘊含的禪機妙義或悟境加以表述，或四言、五言、七言，或相雜，甚至雜有一言、三言，由四句、六句、八句或多句組成，一般是隔行押韻，結構活潑，形式多樣」。《宋元禪宗史》，楊曾文，北京：中國社會科學出版社，2006 年，第 150 頁。
〔註44〕《卍續藏經》（第 124 冊），第 28 頁。

年貧才是貧，今年貧錐也無。

　　禪宗語錄繼承了佛典的書寫中散文與偈頌相間的特點，二者的差異在於禪宗語錄中增加了中國古典詩歌的因子。因此，《四會語》的詩化特徵亦表現在其法語中詩文並用。如：

> 為明州新瑞岩前山和尚引座（按：「引座」指禪林中新主持升座說法時須由其他主持引請介紹。見於《敕修百丈清規》）。控佛祖大機，定乾坤正眼。從上以來，據曲錄木如恒河沙。鞠其旨歸，直是萬中無一。所以道：「譬如琴、瑟、箜篌、琵琶雖有妙音，若無妙指，終不能發。」擊拂子，十二峰前月如剪，清光千里共依依。〔註45〕

行端的語錄中詩文並用的例子較多，現僅選舉其中詩句如下：

> 嶺上寒梅才破雪，城邊楊柳已含煙。〔註46〕

> 一塔矗青漢，四山懸綠蘿。〔註47〕

> 白鷺下田千點雪，黃鸝樹上一枝花。〔註48〕

> 清□長短聲，獨自依廊柱。三際俱不來，一片冷泉水。非惟無眾生，無佛亦無己。短句與長吟，遣興適意耳。夜半落霜花，日輪正卓午。寥寥天地間，只有寒山子。〔註49〕

當然行端禪師以上說法中的詩句需要結合說法情景進行解讀，如第一例的詩句是對「如何是物不遷義？」（僧肇撰有《物不遷論》）問題的回答，是以寒梅破雪、楊柳含煙的景色表明「日日是好日」，佛道無處無時不在，如其上堂之詩所言：「古戍朝鳴角，空山夜答（打）鐘。時人皆共聽，何處不圓通。」〔註50〕由元叟行端禪師的《四會語》中以詩說法與詩文並用兩個向度，我們可以窺見其語錄的詩化程度之深。

　　《四會語》的恣肆汪洋的語言風格與猛烈批判現實的精神集中表現在散文中。如行端禪師在除夕夜示眾的法語：「除夜，示眾：『百丈和尚云：『你者一隊後生，經、律、論固是不知也。入眾參禪，又是不會。臘月三十日，又作

〔註45〕《卍續藏經》（第 124 冊），第 12 頁。
〔註46〕《卍續藏經》（第 124 冊），第 11 頁。
〔註47〕《卍續藏經》（第 124 冊），第 12 頁。
〔註48〕《卍續藏經》（第 124 冊），第 16 頁。
〔註49〕此詩雖為橫川行琪禪師所作，但行端以此開示學人。見於《卍續藏經》（第 124 冊），第 19～20 頁。
〔註50〕《卍續藏經》（第 124 冊），第 18 頁。

麼生折合去？』雲峰和尚云：『灼然諸禪德，去聖時遙，人心淡泊。』看卻今之叢林，更是說不得也。所在之處，或聚三百五百浩浩地以飯食豐濃、僚舍穩便為旺化也，兄弟當時早有這個說話。在今諸方，豈堪具述。據曲錄木者，智眼既已不明。擔缽囊行腳者，信根又復淺薄。爭人爭我，以當宗乘。行盜行淫，而為佛事。身披師子皮，心行野干行。聞禪聞道，似鴨聽雷。視利視名，如蠅見血。傷風敗教，靡不有之。先佛所謂：『師子身中蟲，自食師子身』（按：此句出自《蓮花面經》〔註51〕），此其是也。今朝是個小年夜，你自家大年夜忽然到來，且作麼生排遣？還曾猛省也未？古人云：『向外作工夫，總是頑癡漢。』在眼曰見，在耳曰聞，在鼻嗅香，在舌談論，在手執捉，在足運奔。本是一精明，分為六和合。一心既無，隨處解脫。只為你情生智隔，想變體殊，漂流汩沒，不能自知。若也直下是，去拈一莖草作丈六金身，將丈六金身作一莖草。七縱八橫，無是無不是。其或未然，直饒爛嚼白湯，咽下未免黏牙帶齒。切宜自生勉勵』」。〔註52〕行端禪師引經據典批判元代佛門的萎靡不振，又以辛辣的語言真實地刻畫出一批敗壞宗風的劣僧。行端雖巧用譬喻，以諷刺墮落僧眾，但他並非僅僅以痛罵發洩為目的，而是警醒禪林，勉勵學僧，振興佛教。

關於行端禪師《四會語》的藝術特色年近九十的釋妙道在《元叟端禪師語錄後跋》中有精彩的點評：

> 今觀徑山元叟禪師《四會語》，一一從自己胸臆中流出。其妙用也，如鼓百萬雄兵於遠塞，蔑有當其鋒者。其方便也，如聚珍怪百物於通衢，至者所探焉。收放縱橫，得大自在。〔註53〕

《元叟行端禪師語錄》中保存了行端禪師一部分詩作，其中尤以擬寒山子詩著名。「虎岩伏公時住徑山，請師居第一座。既而退處楞伽室，擬寒山子詩百餘篇，皆真乘流注，四方衲子多傳誦之」〔註54〕，可知行端禪師創作的擬寒山子詩有百餘篇之多，但現存僅四十一首。月江正印禪師寫有《和元叟端和尚擬寒山子詩三首》，可印證行端的擬寒山詩在當時享譽禪林。同時，我們從行

〔註51〕（隋）那連提耶舍譯：《蓮花面經》卷上：「阿難，譬如師子命絕身死，若空、若地、若水、若陸，所有眾生，不敢食彼師子身肉，唯師子身自生諸蟲，還自噉食師子之肉。阿難，我之佛法非余能壞，是我法中諸惡比丘，猶如毒刺，破我三阿僧祇劫勤苦所集佛法。」《新修大正大藏經》（第12冊），第1072頁。

〔註52〕《卍續藏經》（第124冊），第18頁。

〔註53〕《卍續藏經》（第124冊），第69～70頁。

〔註54〕《卍續藏經》（第124冊），第68頁。

端禪師從「第一座」而退居楞伽室這一行為中可以發現虎巖伏公與行端的關係並不和諧。行端禪師主持湖州資福寺的時間為 1300 年，可以推測其擬寒山子詩大概作於三十二至四十五歲間。此外，自稱「寒拾里人」的行端亦寫有《寒山拾得讚》。

　　行端禪師的擬寒山子詩主要關涉三方面內容，即禪宗心性修養、社會現實、宣教佈道。書寫禪宗修持是行端擬寒山詩的核心主題，如：「百千諸佛師，只者心王是。廓然含十虛，靈明妙無比。棄之而別求，機巧說道理。非徒謗宗乘，亦乃謾自己。」〔註55〕行端認為佛法在於返觀內心，「即心即佛」〔註56〕。心中富有萬法，「自家寶藏，一切具足，使用自在，不假外求」，〔註57〕從而歇卻馳求心。這與行端禪師上堂說法的思想一致，「若也外息諸緣，自然內心無喘。塵塵虛明湛寂，處處廓徹靈通。煩惱即是菩提，障礙皆名解脫」。〔註58〕行端主張佛法在於內心，意在讓學僧避免境隨心轉的危險，更進一步的修行則是「非心非佛」〔註59〕。「非心非佛」就是達到心空的境界，如其詩云：「心為萬法宗，萬法因心有。心空萬法空，生死沒窠臼。世間多少人，聞法不聽受。騎驢更覓驢，顛倒亂狂走。」行端老婆心切地一直強調心空（無心），如：「從本無心無可傳，何須掘地覓青天。無心恰似中秋月，照見三千與大千。」「向上一路，貴在心空。心若不空，如人夜行。東西南北，罔知所向。龐居士云：『十方同聚會，個個學無為。此是選佛場，心空及第歸。』」〔註60〕「老矣無心鑄鐵牛，眼前隨分即相酬。庭前葉脫西風起，且喜凌霄一夏休。」〔註61〕心空雖是對治法執與我執的妙藥，但正如於病人而言獲得藥不是最終目的，健康的生命才是病人追求的究竟。同樣，佛法的究竟不是空無一物，而是達到「緣起性空」，即色即空，一切均為假有（不真空）。如其詩言：「世有無上寶，其寶非青黃。在人日用間，皎潔明堂堂。萬象他為主，萬法他為王。與他不相應，盲驢空自行。」明曉色空無二，便會進入無分別心的修行境界。在此境界中對於禪的參悟會表現出普遍性與超越性。普遍性表現為翠竹為法身，綠葉為菩

〔註55〕《卍續藏經》（第 124 冊）第 49 頁，本文所引元叟行端禪師擬寒山子詩皆出自此書，之後不再注出。
〔註56〕《卍續藏經》（第 124 冊）第 6 頁。
〔註57〕《卍續藏經》（第 124 冊）第 6 頁。
〔註58〕《卍續藏經》（第 124 冊），第 16 頁。
〔註59〕《卍續藏經》（第 124 冊），第 6 頁。
〔註60〕《卍續藏經》（第 124 冊），第 14 頁。
〔註61〕《卍續藏經》（第 124 冊），第 25 頁。

提，即「山河大地，草木叢林，晝夜六時常放妙光明，常出妙寶音聲，普為諸人開演無上第一義諦」。〔註62〕超越性表現為摩詰禪的胸無掛礙，「花街柳巷，恢張本地風光。酒肆茶坊，突出衲僧巴鼻。人人八面玲瓏，個個十方通暢。何必覺城東際始見文殊，樓閣門開方參慈氏」。〔註63〕由此，可以發現行端主張的禪宗心性修養模式為：在外行腳→回歸本心→心空→空而不空（無想境界中的無差別心）。但對於乍入叢林的學僧而言，幽靜的山林可避免俗世的喧囂與誘惑，有利於僧人的佛教修行。所以，行端禪師常在詩中以林泉山水招引陷入紅塵的「雛道人」，如「高高峰頂頭，闃寂無人遊。煙雲日夜起，崖樹風颼颼。巢鶴坐鄰並，野鹿為朋儔。渴酌岩下水，寒拖粗布裘。捫蘿陟危嶠，企石窺遐陬。盤桓依松坐，俯仰時還休。逢春恰如臘，在夏常如秋。常年沒羈絆，終身有何愁。東西市廛子，苦火燒骷髏。今生不了絕，更結來生仇」。

行端禪師具有大乘佛教淑世善生的精神，其擬寒山詩對於社會中人民的生活極為關心。如其詩「權門有貪狼，掠脂又剜肉。一己我喜歡，千家盡啼哭。溢窖堆金銀，盈箱疊珠玉。只知丹其轂，不知赤其族」，尖銳地批判元代腐敗的統治階級搜刮民脂民膏，致使百姓生活艱辛。又如，「田園草舍間，男女每團圞。摘果謀供客，繰絲備納官。婦憂夫貌悴，母憂子身寒。一個溘然死，號啕哭繞棺」，寫出下層食不果腹的民眾既要招待客人，又要繳納苛捐雜稅。因此，婦人憂心丈夫憔悴、母親擔憂子女飢寒、家人因飢餓或疾病離世。作為佛門中人，行端禪師亦對叢林的不正之風進行批判，如「近來林下人，多學塵中客。養婦兼養兒，買田復買宅。善果無二三，惡因有百千。他日閻王前，恐難逭其責」，指責僧人不守戒律，娶妻養兒、買田買宅。又如「世有一般漢，實少虛頭多。口中一片錦，肚裏森干戈。真佛自不信，喃喃念彌陀。饒你見彌陀，彌陀爭奈何」，斥責部分僧人虛偽狡詐、心口不一。

行端擬寒山詩的宣教佈道策略是宣揚人生無常、名利富貴空無及外道虛妄，如其以下詩歌所言：

> 城中一少年，容貌如神仙。身披火浣服，手把珊瑚鞭。常騎紫騮馬，醉倒春風前。三日不相見，聞說歸黃泉。名利是何物，人心自不灰。榮來終有辱，樂去無可哀。富家草還出，貧門花亦開。耕桑枉辛苦，鬢白鬢毛衰。古今學仙者，煉藥燒丹沙。七龍兼五鳳，

〔註62〕《卍續藏經》（第124冊），第32頁。
〔註63〕《卍續藏經》（第124冊），第27頁。

期以升紫霞。一朝兩腳儦，骨竟沉泥沙。前路黑如漆，苦哉佛陀耶。

除擬寒山子詩詩外，行端禪師創作了以佛教山居生活、追悼為主題的詩作。行端山居詩主要書寫身處清靜山居環境中心靈的閒適與日常生活，「故園歸路隔天涯，絕頂閒房且寄家。翻罷貝多山月上，一棚花影漾袈裟」（《山房自述》）〔註64〕，描寫山居生活中讀經、賞月、賞花的清幽愜意；「珠霰飄飄柴在肩，且謀燒火過殘年。庭前此際無人立，爐內憑誰續斷煙」（《雪樵》）〔註65〕，描寫行端雪天拾柴生活的生活細節；「鈍鑼橫肩雪未消，不辭老步上岩嶢。等閒種得靈根活，會看春風長綠條」（《栽松》），寫自己雖已年邁，仍在冬天荷鑼栽松，寄情自然的生活雅趣。

行端禪師雖是出家人，但其悼念追憶道友的詩作寫的令人動容。如其悼念通靈仲「因想遊從舊，閒心亦悵然」（《悼通靈仲》）〔註66〕；途經故友屋舍時寫道「白頭道者今何在，一樹櫻桃花自開」（《經故人別墅》）〔註67〕；追悼英年早逝的靈座主時寫道「道不分年少，朝聞夕可亡。講精文徹梵，吟好句諧唐。託質思他界，遺骸厭此方。臺宗舊遊在，名共白雲香」（《悼靈座主》）〔註68〕；追憶與草堂陵座主的友情時寫道「破屋孤峰頂，因思在去年。分香朝頌咒，聯榻夜修禪。解脫花同綻，菩提果共圓。胡為先我去，令我獨淒然」（《草堂陵藏主火浴，牙齒、數珠不壞，堅固猶多，因為說偈八首・其八》）〔註69〕。另外，值得重視的是行端禪師語錄中保存了其與下層民眾交往的詩作，如《贈牙醫道士》《示龔鋸匠》《示刀鑷金生》。元代中日兩國佛教交流頻繁，行端亦寫有《贈日者》詩。

作為浙江佛教文學的重要作家行端禪師對徑山及其佛教文化進行了生動而又精彩的書寫。如其受人所請寫的《趙、李、倪三居士建凌霄會，求贈》：

雙徑在吳浙，實為山之雄。天目如屏擁其北，錢塘如練紆其東。重巒疊巘，不知幾千萬數。但見五峰秀色，嶒崒摩青空。下有跋難沙竭神龍之窟，上有睹史夜摩之宮。晴雲暖靄生岩松，朝開暮合無終究。

〔註64〕《卍續藏經》（第124冊），第42頁。
〔註65〕《卍續藏經》（第124冊），第42頁。
〔註66〕《卍續藏經》（第124冊），第42頁。
〔註67〕《卍續藏經》（第124冊），第43頁。
〔註68〕《卍續藏經》（第124冊），第44頁。
〔註69〕《卍續藏經》（第124冊），第46頁。

祖師據之，而鞭麟笞鳳。靈物依之，而給雨支風。參玄上士由
之，洞森羅寶印，明萬象真宗，納須彌於芥子，卷法界於針峰，皆
本源自性之常分，且非妙用並神通。諸上人登此山、預此會者，境
由心攝，事得理融，治生產業皆與實相不相違背。儼然如鹿園鷲嶺，
睹紫金光聚於百萬人天之中。說法至今猶未散，天花如雨飄空濛。

噫！四生紛擾兮，白雲蒼狗倏變滅。五欲驅馳兮，驚濤駭浪常
撞春。苟非冰懷雪慮而棲此禪地兮，其將曷從？〔註70〕

行端禪師「以文為詩」，寫徑山優越的地理位置，而且佛教文化底蘊厚重。在
濁世之中清秀的山水可以滌蕩情塵意垢，「澡雪精神」。元叟行端的讚類作品也
有頗可玩味者，如其為人所寫的自讚「處世甚疏，謀生至拙。其夭矯也，青山
有雪之松。其皎潔也，碧落無雲之月。共佛祖若仇，與衲僧為妖為孽。三十年，
四著戲衫，皆諸方之所不悅。鏡中居士提遮，知心豈在多饒舌」。〔註71〕行端
在文中自嘲自己與俗世格格不入，但自己正直堅貞如雪中青松，蟬蛻於塵世污
垢如月之澄明。自己為一代高僧，弘揚佛法數十年，卻戲稱與佛為仇、與僧為
妖。行文詼諧幽默，卻也闡釋了禪宗不立文字的原則。

三、元叟行端崇詩歌抑駢文的文學觀

行端禪師既有文學創作實踐，也有自己的禪宗文學觀念。行端的禪僧身份
屬性便規定著其文學觀為「文以載道（佛道）」，宣教佈道為根本，為詩作文是枝
葉，如其《重鐫蔡君謨〈記徑山遊〉題其後》：「《首楞嚴》云：『山河大地，皆是
自己妙明真心中所現物。』上而竺墳魯典，下而稗官小說，乃至百家異道之書，
未有捨此所現，而能鏗金鏘玉，振耀古今者」。〔註72〕由此可見，「明心見性」是
行端文學創作的根本目的，其認為經典的禪宗文學作品須達到文道合一的境界。

在眾多的文學體裁中，行端禪師最為推崇詩歌。行端偏愛詩歌的原因有兩
點：一是受禪詩融合發展的影響，「至唐之近體詩盛行，佛禪應用於偈頌，乃
日興盛，至禪人用之，乃日去偈頌之體遠而與近體詩相近，在禪人曰偈曰頌，
在詩家曰詩歌，其揆一也」。〔註73〕屬於宗教的禪與作為文學的詩能夠融和的

〔註70〕《卍續藏經》（第 124 冊），第 47～48 頁。

〔註71〕《卍續藏經》（第 124 冊），第 53 頁。

〔註72〕《卍續藏經》（第 124 冊），第 61 頁。

〔註73〕杜松柏博士：《禪學與唐宋詩學》，臺北：黎明文化事業股份有限公司，1967
年，第 197 頁。

關鍵在於對「悟」這種直觀思維的重視，如龔相詩云：「學詩渾似學參禪，悟了方知歲是年。點鐵成金猶是妄，高山流水自依然。」〔註74〕二是行端對古代能詩高僧的崇拜，如其《跋心遠同知五峰參政，題高前山試卷墨蹟》：「昔無畏琳公（師從雲門宗大覺懷璉，師徒二人皆與蘇軾交好〔註75〕）玄理外，吟筆尤高古，一時士大夫皆與為方外交。蘇文忠（蘇軾）嘗擘刻大書云：『琳老詩禪』，或曰：『禪詩。』叢林至今以為美談。今心遠同知於前山翁，其所書既已暗合孫吳，五峰之激賞，雪庵之品評，咸不在熙豐諸老下，豈今人中無古人耶？」〔註76〕從行端跋文的字裏行間可見其對詩名頗著的徑山維琳的欽佩，其嘉獎心遠的詩才禪思實則反映出自己對「禪詩」的推崇。

與對詩歌的推崇不同，行端禪師對禪林中特有的「禪四六」這種駢文極為貶低。其《書顏聖徒手抄四六稿後》寫道：「用世語言入佛知見，如來深所訶責。《易》之『一陰一陽』，《老》之『道可道』，清涼尤加擯斥。況駢四驪六，抽黃對白者乎？四明顏聖徒，宋建紹間，由毗尼而天台，由天台而禪肆，當時號為『俊人』。其《達摩疏》有曰：『日居月諸，曾根源之罕究。齒搖髮脫，猶枝葉之遍尋。』能知算沙之困，幾可無愧焉。〔註77〕行端受如來及清涼等人不以世俗語言闡釋佛經義理的古訓，又找到顏聖徒承認自己寫作「禪四六」難究佛理根源，如同入海算沙的懺悔之辭，因而反對使用駢體文。行端甚至在為天和首座珍藏其師藏叟善珍所作的《偃溪》《茶湯》的題辭中也認為駢文非禪家所重。其在《題藏叟所作〈偃溪〉〈茶湯〉榜遺稿》中寫道：

> 四六非古也，魏晉以降，道喪文弊，此作由是而興焉。藏叟老人，妙喜三世的骨孫。臨濟命脈所繫，駢四驪六豈其貴乎？蓋其天姿英發，早歲家塾間為之素塾，故習未能頓忘耳。天和首座得其《偃溪》《茶湯》二榜十襲，以為至寶。謂其平生實在於此，誤矣！〔註78〕

行端禪師認為禪家命脈在於參悟本性，寫作駢四驪六的文章是雕蟲篆刻。雖然藏叟創作出數十篇「禪四六」，但絕非其禪學精髓之所在。探究行端形成重詩

〔註74〕《南濠詩話》（不分卷），清知不足齋本。

〔註75〕懷璉、維琳與蘇軾交往的事蹟可參閱《宋元禪宗史》中的「蘇軾與禪僧的交遊」之「僧中多知交，往來情誼深」，楊曾文著，北京：中國社會科學出版社，2006 年，第 575～579 頁。

〔註76〕《卍續藏經》（第 124 冊），第 63 頁。

〔註77〕《卍續藏經》（第 124 冊），第 62 頁。

〔註78〕《卍續藏經》（第 124 冊），第 67 頁。

歌輕駢文的文學觀的原因不外乎以下幾點：一是佛陀與祖師的古訓；二是唐宋古文運動的影響（如宋代契嵩《鐔津集》中的文章多用古文寫作〔註79〕）三是佛教戒律的要求（如根本戒中有不妄語條，十善中有不綺語條）。但是作者若能以如來智慧運用深厚的才力創作出「文字般若」的駢文，自然可以因文明道。如行端禪師的高足楚石梵琦便有三十篇「禪四六」收錄在現藏於日本的江戶寫本《宋元諸師四六》中，可見其影響之大。

四、餘論

　　有學者提出元代存在一種「功利禪型」僧人，「功利禪型，指以功利為目的，積極靠攏朝廷，憑藉政治權勢帶動禪宗發展的派別，其代表有之善系和居簡系，以及崇岳系的清茂、守忠等人。五山十剎，主要由這類禪師主持」。〔註80〕元叟行端禪師雖屬於之善系（其師藏叟善珍嗣法妙峰之善），也歷主名剎並受朝廷賞賜，但他淡泊名利、虛懷若谷，絕非此類「功利禪型」僧人。「師之利他，皆陰為之，沒齒不言。而其道德聞望，為朝野所推服。薦膺命賜，人以為榮，而師未始自炫，意漠如也」。〔註81〕可見元叟行端助人不求名，又人皆以朝廷賞賜為榮，而禪師卻能淡然處之。觀其一生雖與元朝廷關係密切，但絕非沽名釣譽之輩。他以朝廷大臣及文人為外護竭力弘揚佛法，以慈悲為舟航普渡眾生，實為一代高僧。行端禪師德高望重且文采斐然，因此其法筵龍象濟濟，如楚石梵琦、無夢曇噩均受其滋乳成為元代禪宗文學群體中的翹楚。

（原載《戒幢佛學》，2022年，第六卷）

〔註79〕關於古文運動與釋子的關係可參閱《北宋的古文運動》中的附論部分，何寄澎著，上海：上海古籍出版社，2011年。

〔註80〕杜繼文、魏道儒：《中國禪宗通史》，南京：江蘇人民出版社，2008年，第498頁。

〔註81〕《卍續藏經》（第124冊），第69頁。

附錄三　楚石梵琦及其相關資料輯佚

　　于德隆點校整理的《楚石梵琦全集》為第一部楚石全集，于氏收集了關於楚石梵琦大量的文獻資料，且從國外收集到不少佚文佚詩。但于氏在整理楚石梵琦全集時主要採用佛教典籍，所以對其相關資料收集尚不完備。現將筆者所輯得楚石梵琦佚文佚詩及相關資料彙集如下：

一、《全元詩》收錄的《楚石梵琦全集》外詩六首

　　1.《金山》：

　　　　半江湧出金山寺，一簇樓臺兩岸船。月轉中宵為白晝，水吞平地作青天。塔鈴自觸微風語，灘石長磨細浪圓。龍化老人來聽法，手持珠獻不論錢。〔註1〕

　　2.《奉寄金粟隱者》：

　　　　詩人望望闉闍城，且喜春來甲子晴。宰相方誇歇後語，神仙未悟著殘枰。忘機海上鷗相得，採藥山中鶴不驚。欲使深村見此客，重來定作掃門迎。〔註2〕

　　3.《讀雪廬稿錄謝仲銘禪師》：

　　　　君才自是師子兒，擇肉舔掌行遲遲。舉頭為城尾為旗，金毛玉爪光陸離。深林古樹迷風日，養勇時時能一出。文章已為百獸父，貢獻何嘗千年物。赤豹之子黃熊孫，退中積草風翻翻。幾回哮吼動

〔註1〕楊鐮主編：《全元詩》（第38冊），北京：中華書局，2013年，第339頁。
〔註2〕楊鐮主編：《全元詩》（第38冊），北京：中華書局，2013年，第411頁。

山嶽，恐爾震驚聲復吞。〔註3〕

4.《詩送中竺巽權中藏主歸定水兼柬雙桂堂上和尚》：

　　昨日今日風霜寒，卻回樟亭尋客船。江水中分左右浙，鄮峰默破東南天。一莖白髮未侵鬢，萬里驊騮當著鞭。胡不歸來師望汝，貫花添客澹遊編。〔註4〕

5.《留雲亭》：

　　人家十萬秀成堆，未抵南朝一段奇。象輦不來春草綠，小亭雲鎖紫瑤碑。〔註5〕（筆者按《成化杭州府志》卷四十七（明成化十一年刻本）中「段」作「叚」，「輦」字「駕」，「紫」缺，「瑤」作「齋」，應以上田汝成《西湖遊覽志》卷十八為準〔註6〕）

6.《題錢選山居圖》：

　　舜舉偏功著色山，如斯水墨畫尤難。蒼茫樹色煙霞外，合作營丘老筆看。〔註7〕

二、《全元詩》外所輯楚石梵琦佚詩六首

1.《送康上人之京》：

　　花隔深宮柳扶牆，少年仍值好春光。風飄玉佩紫雲曲，日射金爐夾道香。一色樓臺天蕩蕩，九衢人物海茫茫。篋中舊筆今零落，猶繼題詩鳳沼傍。〔註8〕

2.《送珠維那》：

　　興化打克賓，只要法戰勝。我這裡不然，掃除佛祖令住山。五十載，撲碎軒轅鏡。鑽飯香滿堂，有眾齋廚盛捧了出，院人悟去也不定。（徒弟珠維那職事美滿，悅可眾心，一偈送之，參方行腳，了吾宗生死大事，勉旃，楚石道人梵琦）〔註9〕

3.《題云林真蹟》：

　　好在雲林一老迁，畫圖寄到玉山居。向來王謝原同調，宜住城

〔註3〕 楊鐮主編：《全元詩》（第38冊），北京：中華書局，2013年，第411頁。
〔註4〕 楊鐮主編：《全元詩》（第38冊），北京：中華書局，2013年，第412頁。
〔註5〕 楊鐮主編：《全元詩》（第38冊），北京：中華書局，2013年，第412～413頁。
〔註6〕 （明）田汝成：《西湖遊覽志》（第十八卷），明嘉靖本，第126頁。
〔註7〕 楊鐮主編：《全元詩》，（第38冊），北京：中華書局，2013年，第416頁。
〔註8〕 （元）賴良編：《大雅集》（卷七），清文淵閣四庫全書本，第42頁。
〔註9〕 （明）汪砢玉撰：《珊瑚網》（卷十二），清文淵閣四庫全書本，第158頁。

東共讀書。〔註10〕

4.《休休歌》（已佚），《南宋元明禪林僧寶傳》卷十記載：「或有問時勢臧否，琦但唱《休休歌》，其聲韻莫測。」〔註11〕

5.《讀〈大佛頂首楞嚴經〉》（擬題）：

> 七處徵心心不肯，八還辦辦見元無。劈開祕密千重鎖，迸出元明一顆珠。從此聖凡知解絕，有何生死性情拘。話頭拈起知音少，留與人間作楷模。〔註12〕

三、說法語錄一則

> 頭頭上明，物物上了。如理如事，亙古亙今。不是涅槃心，亦非正法眼。復舉盤山云：「向上一路，千聖不傳。」慈明云：「向上一路，千聖不然。」妙喜云：「向上一路，熱碗鳴聲。」衲僧道：「三大老盡力道，只發明得向下一路，向上一路未夢見在。」〔註13〕

四、相關資料收集（《楚石梵琦全集》未收）

1. 錢惟善《八月十五日蔡仲伯、楊廉夫、司令袁鵬舉、賓王陸孔昭同登江樓觀潮，以李白「浙江八月何如此，潮似連山卷雪來」分韻賦詩，限七言律，期而不至者楚石長老、呂彥孚》：

> 白馬濤頭駕素車，至今猶自詫靈胥。千年元氣淋漓後，八月長風震盪初。顧兔盈虛端不爽，神龍變化竟何如。須臾日落江明練，東逝滔滔泄尾閭。〔註14〕

2. 愚庵智及《悼楚石和尚詩三首》：

> 潦倒奚翁的骨孫，高年說法屢承恩。麻鞋直上黃金殿，鐵錫時敲白下門。煩惱海中垂雨露，虛空背上立乾坤。秋風唱徹無生曲，白牯狸奴亦斷魂。

> 聖主從容問鬼神，當機一默重千斤。茶毗直下金門詔，火聚全

〔註10〕（清）沈季友撰：《檇李詩繫》（卷三十一），清文淵閣四庫全書本，第641頁。

〔註11〕（清）釋自融撰：《南宋元明禪林僧寶傳》（卷十），《續藏經》本，第78頁。

〔註12〕王英：《僧楚石與海鹽佛教》《楚石禪師研究文集》，海鹽縣天寧佛教文化基金會，2017年，第144頁。

〔註13〕（清）莊廷鑨撰：《明史鈔略·開國以後釋教之傳》，四部叢刊景舊鈔本，第222頁。

〔註14〕（元）錢惟善撰：《江月松風集》（卷十），清武林往哲遺著本，第43頁。

彰淨法身。平地驚翻三世佛，等閒瞎卻一城人。大悲願力知多少，枯木花開別是春。

匡床談笑坐跏趺，遺偈親書若貫珠。木馬夜鳴端的別，西方日出古今無。分身何嘗居天界，弘法勿忘在帝都。白髮弟兄空老大，剎竿倒卻要人扶。〔註15〕

3. 釋妙聲《祭楚石和尚文》：

寂照之道盛行東南，孰究孰承？其後多賢，惟公之生。奮自鄞水，獨佩祖印。高視一世，五坐道場。始終弗渝，法施霈然，具有成書。今茲之秋，同集闕下。悉與論思，未展閑暇。

琦公多才，庶幾有成。玄風弗競，慧日俄傾。江湖渺然，前輩淪喪。又弱一個，吾將安放？鳴呼哀哉！生死之際，真偽乃見。視公之歸，其言克踐。其言克踐，聞於當宸。萬人來會，同悼齊喜。秦淮之陰，長干之原。將事茶毗，已戒行軒。今當永訣，敢陳厥辭。昭昭寂光，庶來聽之。〔註16〕

4. 釋清欲《了庵清欲禪師語錄》卷六載有《用本覺楚石韻贈怡雲屋》：

楊岐石窗好尊宿，襟度潭潭如廈屋。舉措彌增佛祖光，行藏廣布人天福。讚成宏智匡慈明，等是鷲峰親付囑。斷弦妙在鸞膠續，與吾一鼓雲門曲。高山流水少知音，白雪陽春和何速。楚翁平生五鳳樓，無愧大悲千手目。我去靈巖三載回。喜見雕薨起平陸。柱石端為不世資，棟樑豈是尋常木。主半能操不二心，今古還同一機軸。如風從虎雲從龍，似地擎山石含玉。答匠固知無棄材，善賈何曾有停畜。攝將大千為粒粟，體亦足分用亦足。用亦足，羅湖不生誰可錄。〔註17〕

5. 姚廣孝《楚石和尚讚》：

峭峭奇骨，凜凜英風。擅一代之美，居萬夫之雄。隨機應用，若雲門大師。俾學徒，望風而至。信口答禪，如趙（「趙」疑為「照」）以古佛，令辯者飲氣而降。不嘗渡河看象，何異出海獰龍。生緣象山，而化行兩浙。說法龍阜，而名徹九重。論鬼神事，冀伏黃老異流。和寒拾詩，壓倒名儒巨公。此蓋師生平之末事，人猶口之而無

〔註15〕（清）錢謙益輯：《列朝詩集》（閏集卷一），清順治九年毛氏汲古閣刻本，第2889頁。

〔註16〕（明）妙聲撰：《東皋錄》（卷下），清文淵閣四庫全書本，第65頁。

〔註17〕《卍續藏經》（第123冊），第727頁。

窮。況其於一毫端，聳寶塔之岌岌。向微塵，裒幼紫闥之重重。至於掬漚火聚，揣骨虛空，掃蕩聖凡，途轍超出佛祖位中，真為妙喜六世之孫，而大振濟北之一宗者也。〔註18〕

6. 釋宗衍《次韻琦楚石送哲上人之京》：

金襴日色映宮牆，吾祖當年亦有光。供飽天廚甘露味，坐分春殿水沈香。一時文采俱零落，千載風流正渺茫。飛錫好期歸雁裏，上書須達袞龍傍。〔註19〕

7. 釋來復《寄天寧楚石禪師》：

問訊秦川白髮僧，風神清出玉壺冰。舌翻霹靂談千偈，心括虛空悟一乘。插竹宰神朝禮座，笑花弟子日傳燈。玄功已勒浮圖石，振策南遊擬共登。〔註20〕

8. 《（雍正）浙江通志》卷二百二十八記載：「洪武初，梵琦重建佛閣、法堂並塔七級。」陳善《天寧雁塔詩》：

永祚招提建海濱，浮屠七級依晴雲。危梯曲繞龍蛇窟，絕頂高樓鶴鵲群。金鐸遙聞鳴斷續，天花曾見落繽紛。題名未躡慈恩上，閒依欄杆對夕曛。（按：梵琦建塔曾感應天花漫雨，詩中當用此典故）〔註21〕

9. 祝祺《海鹽天寧寺詩》：

歸人征路晚，雲裏問僧家。獨樹臨秋水，孤城上暮鴉。山池芳草沒，疏磬夕陽斜。獨坐談經處，天風送落花。〔註22〕

9. 胡槩《公暇登天寧寺千佛閣》：

為愛禪房盡日閒，寒衣高閣共躋攀。殘花帶雨簷前落，幽鳥將雛竹外還。上下雲帆平望驛，參差煙樹武原山。乞廟若許歸蓮社，願借東林屋一間。〔註23〕

〔註18〕（明）姚廣孝撰：《逃虛子集·類稿卷三獨庵稿》，清鈔本，第105頁。
〔註19〕楊鐮主編：《全元詩》（第47冊），北京：中華書局，2013年，第354頁。
〔註20〕楊鐮主編：《全元詩》（第60冊），北京：中華書局，2013年，第137頁。
〔註21〕（清）嵇曾筠撰：《（雍正）浙江通志》，（卷二百二十八），清文淵閣四庫全書本，第5642頁。
〔註22〕（清）嵇曾筠撰：《（雍正）浙江通志》，（卷二百二十八），清文淵閣四庫全書本，第5642頁。
〔註23〕海鹽縣志編纂委員會編：《海鹽縣志》，杭州：浙江人民出版社，1992年，第1006頁。

9.《菽歡堂詩集》卷一,《千佛閣》:

　　未到閣先見,才登胸便寬。置身飛鳥上,舉首暮雲端。海氣孤城白,人煙一塔寒。琦公不可作,荒草上吟壇。(原注:明寺僧梵琦,字楚石)〔註24〕

10.《月舫詩抄》卷四,《琴》:

　　澗水松風應指寒,梵琦三尺壁見看。為憐公子千秋後,古調雍門九不彈。〔註25〕

11.《讀楚石集》:

　　琦公本是東湖佛,詩卷翻從北地傳。神駿總無酸餡氣,好同懷素草書鐫。〔註26〕

(按:凡正文中引用過的楚石梵琦佚詩佚文及相關資料,此處不再重複羅列)

〔註24〕（清）王丹墀撰:《菽歡堂詩集》（卷一）,清咸豐三年刻本,第30頁。
〔註25〕（清）蕭鍾偉:《月舫詩抄》（卷四）,清乾隆刻本,第133頁。
〔註26〕（清）陸棻撰:《雅坪詩稿》（卷三十九）,清康熙四十七年陸凌勳傳經閣刻本,第1595～1596頁。

附錄四　本文涉及的圖像

1. 楚石大師肖像〔註1〕

〔註1〕　朱金坤主編：《徑山中日文化交流》，杭州：西泠印社出版社，2010 年，第 172
頁。

2. 《牧牛圖・尋牛》〔註2〕

〔日〕天章周文（1414～1463 年）：《十牛圖・尋牛》，日本京都相國寺。

3. 因陀羅《寒拾圖》〔註3〕

〔註 2〕 劉桂榮著：《宋代禪宗美學與禪畫藝術研究》，北京：人民出版社，2019 年，第 319 頁。

〔註 3〕 崔小敬：《寒山題材繪畫創作及演變》，《宗教學研究》，2010 年 03 期，第 61 頁。

4. 楚石書《雪舟》〔註4〕

圖片來源：楚石梵琦為日僧濟知課題《雪舟》手跡。原件藏日本
山口崇福寺。圖片由寧波楊古城先生提供，翻拍於海鹽天寧寺。

5. 巴爾胡特塔的一角仙人圖〔註5〕

〔註4〕 《雪舟》出自楊家成著：《宋元時期中日佛教文化交流：以浙江佛教為中心的
考察》，北京：中國社會科學出版社，2020年，第168頁。

〔註5〕 陳明著：《印度佛教神話：書寫與流傳》，北京：中國大百科全書出版社，2016
年，第288頁。

6. 貴霜時期的欄柱雕刻之一〔註6〕

7. 楚石梵琦題邈真讚圖像兩幅〔註7〕

虛堂智愚禪師畫像

日本南浦紹明禪師畫像

〔註6〕陳明著：《印度佛教神話：書寫與流傳》，北京：中國大百科全書出版社，2016
　　　　年，第296頁。

〔註7〕以上兩幅圖像為2023年5月17日，王慶祥贈送海鹽天寧永祚禪寺曉明法師
　　　　日本某寺院藏楚石梵琦墨蹟影印本。

8. 海鹽天寧永祚禪寺

9. 楚石大師塑像

10. 鎮海塔

11. 千佛閣

後　記

　　能選擇崔小敬先生作為導師是一件幸運的事，老師的嚴謹認真、一絲不苟在學院師生間出名，所以，有崔老師作為導師，我有安全感。論文能夠完成，得益於老師面面俱到地指教，大到論文選題，小到錯別字，老師不厭其煩，逐一批註，使我慚愧。寫作過程中，崔老師借給我葉珠紅、黃敬家等先生的著作，為我的論文撰寫提供參考。不僅如此，寒暑假留校期間，老師也關心我的生活與學習，令我心暖。當第一次參加學術會議感到忐忑不安時，老師的鼓勵讓我緊張的心情得以緩解。畢業後，老師還和我通電話一個多小時幫助我修改小論文。師恩深重，心銘長存。陳允吉先生曾稱讚崔老師「文筆簡潔流暢乃至雅致雋美」（《寒山：一種文化現象的探尋·序》），李舜臣教授評價崔老師《寒山：一種文化現象的探尋》為「勝見迭出」（《從「禪門散聖」到「和合二仙」——圖像藝術中寒拾形象的演變》）。我天性愚鈍，積澱不足，容易浮躁，論文寫作文字累贅，內容空疏膚淺，有愧恩師教誨。尤其重要的是，崔老師與陳開勇教授在我考博中給予支持，使我能夠繼續遨遊書海。在此，向崔、陳兩位老師致謝！師妹黃心如在我撰寫論文的過程中幫助查閱資料，並閱讀全文指出錯誤，在此表示感謝。

　　投稿過程中，評審專家的修改意見亦讓我獲益匪淺，如《法音》編輯部的老師、《戒幢佛學》的師父等。同時，感謝海鹽天寧永祚禪寺的師父提供關於楚石大師的圖像及資料。

　　學習佛教文學是一件快樂的事，讓我眼界得以開闊、思辨有所提高。佛教包羅萬象，文化礦藏極為豐富。近年來，佛教寫本學、佛教音樂文學、佛教釋

經學、佛教觀念史與社會史研究等「八萬四千法門」令人耳目一新,極大地推動了學術研究,使人興趣盎然,躍躍欲試。

必須感謝默默支持我的家人,有父母的面朝黃土背朝天,才有我清閒舒適的讀書時光。我繼續啃老,未能盡早地緩解父母的壓力,反而選擇了自己所謂的興趣。在此,向二老致歉。其中,東苑的寬容與鼓勵給我砥礪前行的時間與勇氣,也讓我懂得生活與學習的關係。

最後向為拙文提供免費出版機會的花木蘭文化事業有限公司及校對文稿的編輯老師表示由衷的謝意。

齊勝利
寫於慶豐齊嶺家中
2023 年 8 月 10 日